刘成信/主编

# 中国杂文
## ZHONGGUO ZAWEN

（百部）卷八

# 曹聚仁集
## CAOJUREN JI

吉林出版集团股份有限公司
全国百佳图书出版单位

图书在版编目（CIP）数据

中国杂文百部．现代部分．第 8 卷．曹聚仁集／曹
聚仁著；刘成信主编．-- 长春：吉林出版集团股份有限
公司，2014.9
　　ISBN 978-7-5534-5472-6

　　Ⅰ．①中… Ⅱ．①曹… ②刘… Ⅲ．①杂文集－中
国－现代 Ⅳ．① I26

中国版本图书馆 CIP 数据核字（2014）第 210983 号

# 曹聚仁集

CAOJUREN JI

| | |
|---|---|
| 出 版 人 | 吴文阁 |
| 作　　者 | 曹聚仁 |
| 主　　编 | 刘成信 |
| 责任编辑 | 金方建 |
| 封面设计 | 梁文强 |
| 开　　本 | 650 mm × 950 mm　1/16 |
| 字　　数 | 80 千字 |
| 印　　张 | 12 |
| 版　　次 | 2015 年 1 月第 1 版 |
| 印　　次 | 2020 年 5 月第 1 版第 3 次印刷 |
| 出　　版 | 吉林出版集团股份有限公司 |
| 发　　行 | 吉林音像出版社有限责任公司 |
| | 吉林北方卡通漫画有限责任公司 |
| 地　　址 | 长春市泰来街1825号　　邮　编：130062 |
| 电　　话 | 总编办：0431-86012893　发行科：0431-86012770 |
| 印　　刷 | 三河市华晨印务有限公司 |

ISBN 978-7-5534-5472-6-02　　　　定　价：28.50 元

# 《中国杂文》(百部)
# 总　序

刘成信

## 一

人类的文学艺术，源远流长，丰富多彩。随着社会的推进、发展，其分门别类日益精细——从最初的歌曲、舞蹈、神话、故事等逐步演绎出诗、散文、小说、戏曲。直到上个世纪初，科学技术与文学艺术融合，又有了电影、电视剧等。

有一种文学艺术虽然在中国问世两千余年，由于后人未给予"名分"，以致到二十世纪初，才从文学艺术谱系中分野出来，这就是古老而年轻的杂文。

人类和自然界大体都遵循适者生存的法则萌芽、生长与消弭。两千多年来，杂文本应与小说、诗、散文、戏剧、音乐、电影等姊妹艺术一道，繁花似锦、根深叶茂。然而，它没有像先贤们渴望的那样，而是纤弱，时生时灭，时有时无，同其他汗牛充栋的文学艺术作品相去甚远。

## 二

时序到 1915 年，中华文学艺术宝库迎来新曙光，一个精灵出现了——杂文在多灾多难的中华大地，被一些先知先觉的知识分子接受了！

杂文这个新成员一俟来到华夏，其特性便与众不同——首先是符合社会发展规律，它主张顺应历史潮流。它不重复生活，不还原历史，不演绎过去，而最突出展示将来，预期社会走势，判断人间是非。

杂文一俟来到华夏，便告之，它向往和平、民主、科学、自由、平等、人道、富裕及真善美；杂文憎恶专制、昏聩、愚昧、野蛮、特权、贪婪、奴性、虚伪及假恶丑。杂文与其他文学艺术既相通又有自己的特性。

杂文一俟来到华夏，就融于文学大家族，与各种文学艺术形成天然的血肉联系。它不像小说刻画人物，而是粗线条勾勒人与事；它不像诗、散文等那样纤细、抒情，而是明白如话，开诚布公。但杂文能够调动各种姊妹艺术如寓言、故事、说唱、戏曲、元杂剧等"为我所用"。

杂文一俟来到华夏，它就友好地"拿来"社会科学乃至自然科学的多种文化元素。它不是政治学，但只有不迷失政治选择，才能解析身边社会的变数；杂文不是社会学，但只有掌握瞬息万变的时代脉搏，才能适应人间丛林法则；杂文不是历史学，但人总应拨开历史雾障，略知历史长河的走向；杂文不是生理学不是心理学，但它能解剖人性、解读人生、理顺人际关系；杂文不是方法论，但它无处不闪烁思想方法光芒；杂文不是文艺学，但它评价文艺现象既深刻又形象；杂文不是美学，但每篇优秀杂文无不抨击假恶丑，无不向往美、赞扬美……

理解杂文、认识杂文，才能与杂文为友，才懂得杂文的大爱。杂文真的是半部百科全书。

## 三

杂文打捞历史风尘，知耻近于勇。杂文对于文化批判，社会批判，历史批判，人性批判，世世代代惹来不知多少是非。

嫉妒杂文、讨厌杂文者，甚至欲将杂文从百花园中斩草除根，所以，杂文往往难以长成大树，多少代都不能像其他文学艺术那般枝繁叶茂。有人说杂文偏激，有人说杂文片面，有人说杂文招惹是非，更有人对杂文产生各种各样的误解。以至于把杂文称之为乌鸦，恨不得把一切不祥之物都推到杂文身上。

杂文，曾为作者"惹"下多少祸根，有人曾因杂文葬送自己的大好前途，多少代杂文人曾为自己带来难以洗清的污秽。

然而，实践证明，杂文只能为民众造福，世世代代多少志士仁人，曾为杂文洗刷了一切不实之词，它为人们启蒙越来越受人们欢迎。

## 四

本书作者共计三百八十位，分当代、现代、历代。

我们试图把1915年《新青年》"随想录"诞生前的杂文划为历代，1915年到1949年划为现代，从1949年到当今划为当代。

1915年"随想录"之前称之为杂文，主要是根据作品性质、特点，而不是按刘勰在《文心雕龙》所谈的"杂文"。

当代作家选五十位，每人一部杂文，五十篇左右。另有合集十部，每部二十几位作家，共二百多位作家，四百多篇作品；现代作家二十位，每位五十篇杂文，七万多字，另有四十多位杂文作家，十部合集；最后选七十多位历代杂文作家，均为合集，每篇作品都有注解、题解、古文今译。

当代五十位杂文作家大体是根据五点遴选的。

一、杂文创作时间超过二十年；二、曾创作有影响的杂文作品在三十篇以上；三、曾创作经典性杂文作品；四、作品强调思想倾向的同时，艺术性也不为之忽视；五、曾在国内组织带领作家创作杂文卓有成就者。

二十多年来，我曾在助手们协助下选编各种版本杂文集五十余部，选编如此大型杂文丛书，对我是一种尝试，深知其难度。这部《中国杂文》(百部)整整花费我四年时间。杂文作品浩如烟海，读数百册杂文集、数百万篇杂文作品，难免挂一漏万，特别是这部大型丛书在国内尚无参照系，错讹在所难免，恭请诸位指正。

选编者 2012 年 11 月 10 日
于长春杂文选刊杂志社

# 目录

# 杀错了人

　　前日某报载某君述长春归客的谈话，说：日人在伪国已经完成"专卖鸦片"和"统一币制"的两大政策。这两件事，从前在老张小张时代，大家认为无法整理，现在他们一举手之间，办得有头有绪。所以某君叹息道："愚尝与东北人士论币制紊乱之害，咸以积重难返，诿为难办；何以日人一刹那间，即毕乃事？'是不为也，非不能也。'此为国人一大病根！"

　　岂独"病根"而已哉！中华民族的灭亡和中华民国的颠覆，也就在这肺痨病上。一个社会，一个民族，到了衰老期，什么都"积重难返"，所以非"革命"不可。

　　革命是社会的突变过程；在过程中，好人，坏人，与不好不坏的人，总要杀了一些。杀了一些人，并不是没有代价的：于社会起了隔离作用，旧的社会和新的社会截然分成两段，恶的势力不会传染到新的组织中来。所以革命杀人应该有标准，应该多杀中年以上的人，多杀代表旧势力的人。法国大革命的成功，即在大恐慌时期的扫荡旧势力。

可是中国每一回的革命，总是反了常态。许多青年因为参加革命运动，受了牺牲；革命进程中，旧势力一时躲开去，一些也不曾铲除掉；革命成功以后，旧势力重复涌了出来，又把青年来做牺牲品，杀了一大批。孙中山先生辛辛苦苦做了十来年革命工作，辛亥革命成功了，袁世凯拿大权，天天杀党人，甚至连十五六岁的孩子都要杀。这样的革命不但不起隔离作用，简直替旧势力做保镖。因此民国以来，只有暮气，没有朝气，任何事业，都不必谈改革，一谈改革，必"积重难返，诿为难办"。——其恶势力一直注到现在。

这种反常状态，我名之曰"杀错了人"。我常和朋友说："不流血的革命是没有的。但'流血'不可流错了人。早杀溥仪，多杀郑孝胥之流，方是邦国之大幸。若乱杀二十五岁以下的青年，倒行逆施，斫丧社会元气，就可以得'亡国灭种'的'眼前报'。"

【原载一九三三年四月十日《申报·自由谈》】

# "南"与"北"

友人傅君屡称道顾亭林语："北人饱食终日，无所用心；南人群居终日，言不及义。"谓为切中时弊。

人体有瘦子胖子之分，我就属于瘦子的一个。一到了夏天，晚间的苦难相逼而来：蚊子在耳边嗡，臭虫在颈上爬，蚤子在被窝里跳，我们这些瘦子朋友，大有不可一日居之势。我曾经在南京下关一个大旅社的小房间里，和蚊子臭虫战斗到天明，结果还是我告饶，自甘退避三舍。胖子朋友大不以我的寝不安枕为然，尽管臭虫在他的面上爬，他还说我神经过敏，"天下本无事，庸人自扰之"！不若他的鼾声高起，"万物并育而不相害"最为稳妥。

瘦子碰到瘦子，花样讨论得很多："蚊香"，"避蚊香水"，"飞力脱"，"臭虫药粉"，"樟脑油"，"碘酒"之类，各本经验提供大家参考；无奈到了晚上，敌人再来侵袭，我们依旧没有壕沟可守；一处痒，一处痛，抓了这边，痒了那边，还是自甘告饶，订城下之盟。飞鸟之中，有一种叫作号寒虫的，晚间宿在枝上，风吹雨打，实在难当。于是各自飞在空中，哀哀地叫道："明天作窠！明天作窠！"仿佛是很有决心似的。到了第二天，全没有那么一回事。等黄昏到来，再栖宿在枝上，再"明天作窠，明天作窠"哀号一次。瘦子的黄昏哲学，大概是号寒虫这一派传下来的。

瘦子嘲笑胖子神经麻木，胖子嘲笑瘦子神经过敏，总算喂饱了蚊子臭虫跳蚤，个个肥头胖腿，在那里搁起脚来大得意。"无所用心"的若和"言不及义"的斗嘴，王壬秋必在旁边大笑道："民犹是也，国犹是也，何分南北？"

或曰："开会"，"发宣言"干着急的，平津之间大有其人；"跳跳舞"、"打打麻将"的，沪宁青年何多让焉。顾亭林之论南北亦未尽然。余答之曰：南方也有胖子，北方也有瘦子，蚊子臭虫则无间于南北也。因作"南"、"北"合论。

【原载一九三三年五月七日《申报·自由谈》】

# 《笔端》前记

民国十一年秋天，我孑然处在海滨的一角。大概为了乡愚的气氛太重，时常受一些文明人的揶揄，当时也颇有些气愤，后来觉得孤独也有深趣，常是深夜看书写文章。其明年，在新闸路吴寓做家庭教师，继续这孤独的生活。那三四年间，先后在《觉悟》、《学灯》发表一些杂脍式的文章，有论文，有短评，有考据，随感录之类，积聚起来，约莫二三十万字。可是从不加以积聚。民国十四年以后，我耐着性做教书匠，几乎不写一个字。这样沉默了六七年。

近几年，忽然又有一点不安分起来。几个不甘于寂寞的中年人，集合拢来办一种小刊物，这样《涛声》便登场了。那是民国二十年八月间的事。从那以后，我重新恢复深夜写文章的旧脾气，有时写得很多很多。所写的仍旧是杂脍式的，有论文，有短评，有考据之类。这回，剪贴成册，又约莫二三十万字光景。到底是中年人了，觉得自己的影子也颇可留恋了。其中一部分,积聚在这小册子里的,大抵是杂感小品之类。《金楼子·立言》篇云:"笔,退则非谓成篇,进则不云取义,神其巧慧,笔端而已。"我之于文,本来无所取义,即以"笔端"题名。

当国民革命军北伐到浙江时,先父梦岐先生尽过国民分内应有的责任,他相信太阳真从东方出来了。不久,他就生了重病,卧床不能起。病榻与世间隔绝,不知政局有任何变化。他临终那几天,正当阎、冯和中央军在山东恶战的时候。他还以为党的领袖仍是和碧云寺谒灵时一样和衷共济。他问我时事种种,我假造一些消息告诉他,让他把美丽的梦带到坟墓中去。昔陆放翁晚年《示儿》诗:"死去元知万事空,但悲不见九州同。王师北定中原日,家祭无忘告乃翁。"死者既抱了这样大希望,我想为人子者,只能欺骗欺骗死者,让他九泉瞑目吧!

我既立志欺骗死者,却仍不忍欺骗生者,白纸上写黑字,总想忠实一点。因此,屋角上的老鸦,不免惹人头痛。我又转念:金鸡纳霜味苦,外面裹一层糖衣,让人家咽得下去。我又何必不裹一层糖衣呢!删削又删削,凡保留于《笔端》中的,已经没有什么苦味了。

人到中年，意绪消沉，自此以往，不会再写这类带点苦味的文字了。是为记。

【选自曹聚仁著《笔端》天马书店一九三五年版】

# 两种错觉

汪懋祖先生论"禁习文言与强令读经",觉得一般青年写作程度低落,非重新读文言作文言不可。汪先生虽说是教育家,于国文教学一道到底是外行;不独是外行,简直隔靴搔痒,一无是处。

一般关心教育的人,常有两种错觉:有的忘记了自己从前的写作程度,以为现代青年的写作程度格外低落。有的忘记了写作文言的不通成分,以为一应不通成分都由习白话文而来。我姑且退一步,承认一般的写作程度低落,白话文的不通成分比文言文更多,而汪先生应负的责任更加重起来。各地中等学校校长聘请国文教员,偏向于旧的。大都聘请所谓"宿儒",偏向于新的大都聘请所谓"作家"。以宿儒来讲解现代国文教本,他能讲些什么,不但不能讲解莫泊桑《月夜》那类名著,即赫胥黎《天演论》,亦瞠目不知所解。可是说到古书,又知道得有限,经学但凭朱注,史学唯知《左传》;修辞学、文章学,更是门外汉。这类私塾冬烘坯子,会指示青年以语文的正确知识与写作技术吗？至说吹得肥儿泡般美丽的作家，只是声名洋溢于中国而已，叫他担任国文教程，古的既不会讲，今的又无从讲。我所知道的有几位作家教授，在讲台上讲点轶事，议论点时事，把时间消磨过就算了。这样能把青年的语文程度提高吗？国文教学，乃是教书匠的专业，并不是三部讲章、八斗天才能应付裕如的。所以青年的语文上如有什么缺点，即是中等学校校长，误聘国文教员之过，汪懋祖先生即是不能逃其责之一的人。

至说青年的一般语文程度，那又非汪懋祖先生之所知，我且引古以喻今：方苞、姚鼐，桐城派之大师也，序跋铭志文字，楚楚可观；一涉及邦国大政，即疵谬百出，其论边防事务，简直是大话柄。我最爱归有光文，而其大幅文字，即无足观者。桐城诸文家，唯曾国藩大幅文字，洋洒可喜。可见议论文字，与阅历经验有关，且非中年以后，不能有深切观察。如以"国难期间青年应有之责任"，"读书不忘爱国，爱国不忘读书"一类题目，考查学生语文程度，除门面话外无可说，当然难得差强人意。其实，以此类题目着令方苞、姚鼐限时交卷，也不会有好文字写出来。欧洲大陆的大学入学国文试题大都是"朝霞"，"街头"这类切实可写题目，决不注重空论（我前天在某中学看见"礼义廉耻论"的国文试题，这个试题用"论"字即不通，应用"说"或用"义"字。以此试题，请汪先生试作一篇，我敢说汪先生未必能做出什么好文章来）。现代青年，见闻广于旧时。其所习学诸科皆养成组织能力，故语文程度，比从前文人的确高明得多。我曾经仔细研究过这个问题：古书读得愈少，语文程度愈高；古书读得愈多，语文程度愈低。谓予不信，可以实地试验（至以别字多寡，字迹优劣作语文标准，又当别论）。

还有一种贻误青年的普遍观念，就是一般教育家所谓"国英算并重"。语文程度的高下与常识多寡成正比；前人谓知人论时，历史的知识不丰富，议论文即难健全。苏洵《六国论》，旧推名作，由今观之，荒谬可笑；贾谊《过秦论》，千古流传。于其实际，亦多乖说。此皆不知史事之过。切实地说吧，国英算愈并重，青年对于其他学程，愈无暇兼顾，则常识愈缺乏，因而语文愈不能进步；唯有让他们多得一点常识，活用他们的思考力，语文水准方有提高的希望。

【选自曹聚仁著《笔端》天马书店一九三五年版】

# 旧文人的文字游戏

　　上海文学社发了近二百封征求海内作家述说"自我与文学"间的联系的信，在《我与文学》上刊出的共五十九人。这五十九人中，说到读过经书的只有三人，说由唐宋古文或《庄子》、《文选》之类的启发而走上文学之途的，并无一人，大都由《三国演义》《聊斋志异》《西游记》，引导他们上文学之路。尤可异者，并没有一个作家从大学文科出身。这些作家，至少他们的写作，可以列在水平线以上，而与"子曰诗云"老店简直没有什么往来，岂不是明明宣告"子曰诗云"的总破产。或人提出抗议，要请这五十九个作家去当文学侍从之臣；或是某要人五十大庆了，要一副寿联，一篇寿文；或是某大人寿终正寝了，要一篇祭文，一篇墓志铭；或是某将军准备下野了，要一篇宣言，一篇通电。于是五十九个作家一齐搁笔，搔首问天，非拱手让捧水烟袋的老秘书来摇头吟哦不可。

　　显然地在我们面前摆着两条大路：一条是走

向文艺创作的路，老老实实用语言文字来表达自己的情感意志，要亲切才有味。一条是走向文学侍从的路，要代上头立言，不许着半点自己的主观，以隐晦为技巧。前者发展天才，后者发展奴才；前者以文字语言表现自我，后者以观念以文字为游戏；前者把屈原《离骚》，当作古今第一大作家第一大作品，后者则以为"失之褊激不足为训"（见《资治通鉴》）。彼此的观点不同，彼此的基本训练不同，所以一方面看看后辈的青年，不足以继承奴才的大业，慨然以为非复兴文言不可；一方面则以为古老樱桃树应该斫掉，老人哭不如青年笑之为得（柴霍甫《樱桃园》）。这条鸿沟，永远填不满的。

现在我们来看看旧文人如何练习文字游戏，如何运用文字游戏。旧文人既处在奴才地位，替他的主子秉笔立言，或者主子有难言之隐，或者主子要指鹿以为马，修辞立诚这个原则，当然用不着了，只好走另外一条路，隐隐约约，似是而非，穿了神秘外衣扮演出来。如变戏法似的，明明是假的，要眼快手快，扮演得十分逼真。玩戏法的徒弟，最初学些三变金钱，空中取米那些小戏法；旧文人也先学些猜谜、对语、破题那些文字小游戏，然后推广开去。前人入私塾读书，执笔为文，就要学做破题。破题和做灯谜最相近，

四书本文有如谜底,依着谜底做一个谜出来。好
的谜文,恰巧藏住那个谜底。破题既成,就依着
破题敷衍开去,所谓"破题未做,文章由我;既
做破题,我由文章"。相传有一童生,年七十余求
考,文宗以"长而无述焉,老而不死"为题,命
做破题。童生即应曰:"不得其名,必得其寿。"
文宗奇之,遂入学。从技巧上说,这破题是做得
好的。不相干的题目,居然言之成理,而且恰合
他自己的身份。推而用之,旧文人的一切看家本
领,诗钟、对联、寿文、墓志铭、通电、宣言,便
用这个方式扮演出来。当北宋末年,徽、钦北
"狩"(狩字便是文人弄把戏),宋高宗逃到杭州
去"苟安",原不是什么体面的事。而汪藻为隆佑
太后作手笔云:

　　繇康邸之旧藩,嗣我朝之大统;汉家之厄十
世,宜光武之中兴;献公之子九人,唯重耳之尚
在;兹惟天意,夫岂人谋。

　　说得多么光彩体面。太上皇在冰天雪地里过
囚犯的日子,多么丢大宋的面子;而汪藻为高宗
作《遥贺太上皇万寿表》,乃云:

　　帝尧游汾水之阳,久忘天下;文王遇明夷之
卦,益见圣人。

　　马桶上加了盖子,红漆金箍,颇有点漂亮。
甲子之役,卢永祥一战而败,通电下野,其秘书

拟稿云：

爱国不敢后人，成功岂必自我？

轻轻两句话，把那"留得一兵一甲还要拼命守土"的前言一笔勾销，堂而皇之地溜向东洋而无愧色。这种从无可说处找话说，以词语来掩饰事实的隐晦手段，成就了旧文人的文字游戏的最高成绩。

其在日常应酬文字，或是田园千顷的老太爷，或是儿孙满堂的老太婆，左不过是好福气的题材；或用之于庆贺，或用之于吊祭，板定的有褒无贬，有誉无毁。既是奉命秉笔，非做不可，又要当心马脚，拍得其所。如袁世凯五十大寿，有人祝之以联，云：

五岳同尊，唯嵩其峻极。百年上寿，如日之方中。

吴佩孚以两湖巡阅使驻节洛阳，煊赫一时，康有为于其五十寿辰，祝之以联，云：

牧野鹰扬，百岁英名才半世。洛阳虎视，八方风雨会中州。

这两副对联，恰巧拍上了两个英雄的夸大心理，当然是上乘工夫了。其他墓志铭、寿文之类，说来说去，无非要搬弄字眼儿，如凑七巧板似的，虽只是那块小板儿，花样却要层出不穷。旧文人之所以自高者在此，而我们所以斥为玩物丧志非根本铲除这文字游戏的观念不可者亦在此。

在某次友朋集谈中大家说："我们要反对以文字以观念为游戏的态度。"那并不是一句空洞的口号，那是针对着旧文人的病根而言的！

【选自曹聚仁著《笔端》天马书店一九三五年版】

# 铁树开花

## ——答吴稚晖先生

**稚晖先生：**

近日编理《文白论战史话》，把民国十三四年间的《觉悟》《学灯》《语丝》《国语》《现代评论》重新看过一遍，不觉苦笑。老狗教不会新把戏，真如刘半农先生所说的"唯有中国人才会这么没有出息，永远在不成问题的问题上无谓地打圈子"。汪懋祖先生在《新青年》和陈独秀、胡适纠缠不清；在后《甲寅》上像煞有介事地和章士钊唱双簧，此番又复兴呀复兴呀这么大起劲。相传观音大士将无义龙锁在井里，它问观音大士什么时候放它回家，观音大士在井旁立了一棵铁树，向龙说："铁树开花，放你回家。"有一天，官府到寺里行香衙役将红帽子挂在铁树枝上，地便起了震动。因为无义龙认是铁树开了花，准备要回家了。汪懋祖先生把衙役的红帽子当作铁树开的花，其事虽愚，其心当然可哀！

说来说去，天下本无事，只是一些写标语坯子的人千方百计，要想作孽（蒋梦麟先生说文人只是替别人写标语、贴标语的坯子)。先生先前推详章士钊的心理：说他那种鸟柳文，要给执政看得起，叫官僚惊叹；那种"陈咸之子教子以诏"之《执政考》等，无非艳美俳优文人的结果；其妻子若不羞而相泣于中庭，吾不信人间真有其事也。所以先生归纳成一个结论："……便是藏之名山，传之其人的司马迁，专上宰相书的韩愈，他除了给人'俳优蓄之'之外，传记上写得什么事业与品格。至于那善挑琴心的司马相如，工做《剧秦美新》的扬雄，历数至于《钤山堂集》的严嵩，《有学集》的钱谦益，最近而至天桥猎艳，周妈侍寝之老同乡，皆'能文章'，抱'铁饭碗'之结果而已。文人也者，即与嫖赌吃着金丹老土同其兴衰。文人如湿热污水，一时暴盛，即蚊虫臭虱充塞墙屋。"(《友丧》)先生这一回于汪、柳两先生，独多恕词，谓其"救人之意七分，卫道之意亦有三分"。又谓"汪、柳诸先生是胸无成见，是殉人的，并非护己的"，私意有点不敢苟同。汪先生的文言复兴论在《时代公论》发表以后，接着就有"文言复兴之自然性与必然性"的应声，《甲寅》杂志那一套世道人心的老符咒都念起来了，《大公报》的《南京通讯》，就说文言复兴是怎样变成新的潮流。周曙山先生在南京《大华晚报》写了批评的文章，就有人警告《暮箹》编者，不要再发表这一类反对文言复兴的文字。这种种蛛丝马迹，告诉我们：汪先生的主张文言复兴，和章士钊的"执政考"同其用意；小世兄之出路犹在其次，趁天下荒荒之世，抓个题目过过写标语贴标语的瘾，不待弗罗伊德来分析，也能如见其肺肝然的。一成为文人，利欲熏心，护己念重，妻子相泣于中庭，本来管不得那么多的。我觉得这一回文言复兴的气氛，和民国十四年的"老虎"气氛太相像了，我们不能加以原谅！

大众语问题，应该"卑之无甚高论"，由大众自己来动手，原是"天经地义"，不容怀疑的。目前的事，却是要我们先来说服所有笔杆子的朋友，放松一点文字权，使大众有手可动。胡适之先生在美国的时候，他要说服梅光迪、任鸿隽……那些朋友，使他们相信活文学要用白话来做，费了很大的劲。有一时，梅光迪也曾说过"文学革命自当从民间文学入手，此无待言，唯非经一番大战争不可"的话，后来回国，又在《学术》替文言做保镖了。笔杆子朋友，无论如何总觉得文字是可宝贵的。要想独占它，不肯公之大众。明知道注音字母，罗马字母，简笔字，都是有利于大众的工具，偏偏搁在一边，既不肯学，又不肯教。我去年说了一句"写别字也不要紧"，还挨了许多臭骂呢！我们至少要有传教牧师的精神，一而再，再而三，不怕麻烦地干下去。我想：国语研究会旧同人决不能放松这个责任，"革命尚未成功，同志仍须努力"。我这回发下痴愿，写了许多信，请在北平的胡适、周作人、钱玄同、黎锦熙、傅斯年、唐钺……诸先生和在上海的鲁迅、茅盾、孙伏园、陆衣言诸先生大家表示一点意见。譬如写《金刚经》，能不能成佛，且由他去，写总得一张一张地写下去的。先生之于国语运动，开国元老，"功垂宇宙"，还有许多实际的事，请先生再发表一些意见。

曹聚仁敬复

【选自曹聚仁著《笔端》天马书店一九三五年版】

# 北平与上海

祖敛吾兄：

　　据一位教授吾友的建议，"乌鸦"博士应该赠与吾兄；众望所归，兄亦毋庸谦逊；什么时候行赠予典礼？请您择吉一下；打一电报给齐如山，请他南来襄赞一切。

　　北平有东交民巷，上海有公共租界、法租界。租界起先也如东交民巷之仅保洋人；承洋人开恩，许我们荫庇其间，逐渐推广，乃有现在这么大。东交民巷不加推广，以致日本飞机满城飞，这是北平华人的大不幸。海派教授穿西装，当三大公园未开放时，穿西装的可以昂然（待考）而入；市政厅音乐，穿西装的可以昂然而听；跑马厅赛马，穿西装的可以昂然而看；洋人迎面来，穿西装的可以昂然而谈，以视低等华人之吃雪茄、外国火腿者何啻天壤之别。有租界斯穿西装，无租界乃穿长衫，公共汽车之有无，固其小焉者也。

　　海派教授对话必用洋语，高等华人不成文法上如此说。低等华人讲洋泾浜，高等华人则讲洋语；沪东某大学开校务会议，自提案讨论交谈以至撒屎揩屁股都是洋语；茶房叫"仆欧"，女士叫"密司"，未婚妻叫"飞洋伞"，现代叫"摩登"，起码上海人所以自别于阿木林者亦在此。俗话云："靠天吃饭。"洋人就是我们的天，天可不尊乎？京派教授虽不穿西装，其靠天吃饭则一也，故西装可不穿，而洋话不能不讲。

海派教授，怕人家说他"怕死"。他住在租界，决不是怕死！华界的马路太糟，自来水味咸，电灯又暗，又没有抽水马桶，自然非住租界不可。他或者说"怕死"也不要紧，革命的发祥地在环龙路，舆论中心点在望平街，改组派要借大世界做选举场，文武名公的私邸都在租界，租界能保障生命，与穿西装说洋话的原则并无不合。"并非怕死"与"怕死也不要紧"这两层理由，保持了海派教授的尊严。可是近年来情势稍有不同，洋人似乎并不保障安全，先后出了什么绑案、暗杀案，许多名教授相惊伯有，搬来搬去。于是"并非怕死"这条理由取消，只留一条"怕死也不要紧"的理由。不过住租界穿西装说洋话，比住华界穿长衫说华话好得多，那又是天经地义，海派教授可以自豪者仍在。

京派教授不怕死乎？那又不然。海派教授以西装、洋话、租界做掩护。京派教授则以学问做掩护。京派教授素来是学富五车的，一字训诂，可以说他三五点钟。五四运动的风气所播，大家曾抛开书本从社会问题的实际讨答案，那京派教授不仅要从尊严的宝座上倒下，且面对着统治阶级，有杀头的危险。京派教授的领导者梁启超、胡适赶忙开国学书目，叫青年转向古书堆中去。近来以新考证学、新考古学驰名的大教授已成京派重心了。京派教授对统治阶级说："听你们做去罢，我们只管我们的学问。"京派教授的另一途，由教授而得名，办一个什么评论之类，有建议，有批评，有注解，时价相合，可以成交。是则统治阶级方爱护之不暇。所以海派教授不必谈学问，京派教授非谈学问不可。因兄所论，引申一点，还有余意，且听下回分解。

【选自曹聚仁著《笔端》天马书店一九三五年版】

# 娜拉出走问题

娜拉以女英雄的姿态出现于五四时代。李超女士死得适逢其会，在易卜生主义倡导者胡适博士的笔底，俨然是反抗封建势力的战士。

现在，易卜生渐渐从一般人的记忆上消逝，《李超传》也从国语文教本中踢出；娜拉拥护者相率回到郝尔茂手里，研究一九三四式时装，立体派木器，以及跳舞姿态等等，做一个尽善尽美的傀儡。这本也难怪：《新青年》《新潮》《星期评论》阵里的战将，北面稽首向封建旧敌投降，忠心替孔家店做卫士；摩登女郎以傀儡自安，亦情理之常。

娜拉的伟大处，她发觉了自己处在傀儡地位，大彻大悟，离开家庭，要去看看"究竟是我错，还是世界错"。至于出走以后究竟怎样当时大家似乎不甚关心。《娜拉》剧尾上所提出"奇事中的奇事"，易卜生自己已在《海上夫人》予以解答，似乎也不必大家再操心。首先关心娜拉出走以后种切的（或是因为没有路走，终于堕落，或是终于回来）自鲁迅先生始。他在北京女子师范大学讲演《娜拉走后怎样》，提出一个根本的意见："娜拉既然醒了，是很不容易回到梦境的，因此只得走；可是走了以后，有时却也免不掉堕落或回来。否则，就得问，她除了觉醒的心以外，还带了什么去。她还须更富有，提包里有准备，直白的说，就是要有钱。梦是好的，否则，钱是要紧的。"他还暗示"要求经济权固然是很平凡的事，也许比要求参政权更要用剧烈的战斗"。这篇讲演稿，刊载于《妇女杂志》，在当时可也不曾引起深切地注意，热烈地讨论。

妇女运动的呼声和新文化运动一同消沉下去，《民国日报》的《妇女周刊》，北京《京报》的《妇女周报》先后停刊，《新女性》也不能支撑下去，《妇女杂志》重复回复到鸡蛋糕研究上去；男士们厌倦了，女士们更对于冒险英雄事业不感到兴趣了。妇女运动的成绩仅有男女同学和女子剪发两件事，而且女士必得住在什么宫，短短的头发必得烫得蓬松飞乱。

然而妇女问题的实际，并不以妇女运动之消沉而减其严重性。当国民革命北伐中，许多女同志参与革命工作；国民政府成立以后，大小机关也有女同志担任职务；民法也依据党的总纲赋予女子以遗产继承权。这样，妇女获得经济权，仿佛进行得很顺利。时隔不久，女同志卸下武装，到深闺去享福，固不待言。各机关的女职员变成了花瓶，女子争遗产虽平时见之报载，最多的还是以诱奸未满什么年龄的罪名诉求赡养费；所谓妇女职业，除女招待、舞女之类不计外，多少女店员仍依靠她们的脂粉来过高度享乐生活，无论以什么方式演出，仍是以傀儡始，以傀儡终，丝毫没有变更。

最近娜拉出走问题，突然引起热烈的讨论，自镉冰在《国闻周报》十一卷十一期提出，"娜拉走后究竟怎样"的问题，连接于十三、十四、十五、十六、十八各期都有参加辩论的文章，他处也见参加讨论的正反面文章。沈译倍倍尔名著《妇人与社会》，重新有人提及有人介绍。原来"娜拉既然醒了，是很不容易回到梦境的"。怎样才脱去传统的锁链，做一个堂堂的女人（非傀儡）？毕竟有人念兹在兹的。

于十年之后，回复到十年前的旧问题，其观点难道一点没有差别吗？不，十年前的娜拉，以女英雄的姿态出现于我们面前；现在大家心目中的娜拉，已如于立沈所说："我们理想中的娜拉，应是一个普通的女子，具有一般女子所有的性情与气质，她有一般女子所有的优点，也有一般女子所有的缺点；觉悟的时机到来，她先人觉悟了，却不是由于她是奇人,正是因为她具有普通人应有的各面。"(见《娜拉脱离家庭的原因与走后怎样的问题》)因此,娜拉出走以后的种切,并不能依靠一斗或一担的同情来支持;所需要的还是鲁迅所提出的问题:"梦是好的,否则,钱是要紧的。"——究竟如何争取经济权?

【选自曹聚仁著《笔端》天马书店一九三五年版】

# 花　瓶

　　谥女职员为"花瓶"，当然是一位天才的创作。花瓶云者，只是摆着当样儿，没有实际用处，如女人的耳坠似的东西，咬文嚼字地说来，好像男职员个个都是栋梁之材，而有勇气自己到社会上找饭吃的女子，却没有一个不是摆着做装饰的花瓶似的！

　　民国初元，革命初成，一班老官僚摸着胡子说："暴民终不足以言治；见上司不懂规矩，拟条陈不懂格式，临小民没有威严。"于是黎元洪要请饶汉祥作俪骈电文，屈映光要请刘子香写劝进表，革命小伙子被胡子老官僚所嘲笑了。民国九年，文学革命运动，把文言送入茅坑，一班有年纪的书启师爷又摸着胡子说道："到底不中用呀，'的了吗呢'可以写在公文里吗？美国留学生毕竟要让我们三分，作公文总不能用白话呀！"于是白话小伙子又被胡子师爷所嘲笑了。民国十五年，国民革命军带来了女权空气，使女子在社会上可以找到正当的职业，这一来，嘲笑的口沫又落在她们的头上了。大概也是"见上司不懂规矩，拟条陈不懂格式，临小民没有威严"这些考语，女职员乃得"花瓶"的谥语了。

假如我是女职员，对于这带侮蔑性的"花瓶"谥语，该用足尖来答复的。不过女子在"争取经济权即是争取人格"的时期，决不能取退让态度，应当倒在侮蔑沟中，填没了它，让后来的女性可以平安通过。德国哈耳波伦博士在《异性论》第三章论"女子的社会的位置之发达"说："在许多许多年的黑暗之后，到了希腊的雅典时代，才发现了一点光明，这乃是希腊名妓的兴起。因了她们的精练优雅的举止，她们的颜色与媚姿，她们不但超越普通的那些外宅，而且远压倒希腊的主妇，所以在短时期中使她们在公私生活上占有极大的势力。这样，欧洲妇女之精神的与艺术的教育因卖淫制度而始建立。赫泰拉的地位可以算是所谓妇女运动的起始。"（周作人先生译文）从这一意义看来，"花瓶"在中国女子经济独立史上自有其不可轻蔑的地位！

可是我也并非是花瓶乐观论者，当男职员评头品足之际，女职员赶忙解开手箱拼命照镜，扑粉，抹胭脂，即不禁为之打一寒噤，盖花瓶终是瓷制的，一旦被摔，虽请教"江西老表"亦没有办法也。

【选自曹聚仁著《笔端》天马书店一九三五年版】

# 月　经

　　很久以前，在一本谈物理的书上，看到月经的起源说。我们的老祖宗在洞里住的时候，夜黑风大，躲着不敢出来。遇到天晴月圆，才出洞疏散疏散，久而久之，影响到女人的月经，跟着月亮的圆缺，非每月行一次不可。花前月下，方有才子佳人的故事，老祖宗成法如此。此姻缘之成就，所以归功于月下老人也！

　　不成文的普遍信条，月经属于不祥秽物之类。月经既行，秤、尺、斗等应用物品绝对不许女人跨过。某车夫因为车垫给女客污染了，洗涤以后，再烧串纸锭以被不祥。月经的污血，大概是毒气弹，会随处传播不祥的。有神秘之讳忌乃有神秘之效用。葡萄牙人所输入的红衣炮，明崇祯间已实际在战事上应用。破红衣炮的唯一妙物，就是女人的月经布。满城高挂，炮弹不飞，炮身自裂，相传效用如神。月经又可以避雷，某逆妇殴辱翁姑，罪孽通天，遣雷公下凡殛杀；逆妇取秽布盖头，雷不敢击精神文明的国粹家，救世有心，正可以编著一本月经物理学、月经化学。

月经，目可得见，口不可得言，笔更不可得而写，其势然也。摩登仕女高跟托托，旗袍飘飘，应乐声能作狐步之舞。然谈及月经，未有不面红耳赤者，其观念与烧纸锭袯不祥的车夫并无分别。自五四运动以来，妇女运动喊得震天价响，丝毫没有效果，人不解其故。我说：只要看月经仍保持神秘的意义，即不到城隍庙看密司拜菩萨，已可断定妇女运动的命运了！

【选自曹聚仁著《笔端》天马书店一九三五年版】

# 乳　房

　　古来想象力丰富的色情狂文人，女人的乳房最为生花妙笔所爱点染。鸡头新剥，盈握温馨，于是神魂飞越，想入非非矣！近年来由束胸解放而为天乳，愈可以助色情文人之想象。而美不双全，乳房问题有时却烦恼了一应摩登女郎：天乳虽足以助商品之推销，可奈天乳有五种之多，合标准的只有一种，不合标准的只好装乳托，无从装乳托的，只好装假乳。我们看她们苦心孤诣，从乳房上做文章，然为推销商品计，亦尚情有可原。

　　然而摩登女郎的乳房新论出来了，一位女明星公告同好，说是要保护乳房的美丽，第一要不喂养婴儿。据说这番新论，极得摩登女郎们的喝彩。我虽不是淑种学专家，这位明星所投的黑影，却令人毛发悚然！乳房助色情狂文人的想象，替摩登女郎推销商品，只能说是副作用；其正作用应该是喂养下一代婴儿。所谓新时代女性，手里牵着哈巴狗在街上往来，把自己的儿女交托给奶妈；亲自替哈巴狗洗澡喂肉，把儿女让丫头、老妈子去管教。这种纯利己的享乐公式，不知为社会造了多少恶因。若再提倡不喂乳的保全乳房美质论，下一代婴孩将为这些猫头鹰所咬尽吃光，将来的社会还堪设想吗？

所谓妇女运动，提倡了差不多一二十年，其结果资本主义的一切光明幸福全未得到，资本主义的一应黑暗灾祸，都已来临，上海小市民中，所谓学校皇后，所谓交际明星，所谓摩登女郎，所谓美趣花瓶，彻头彻尾都是一种享乐主义者。借口经济困难，动辄打胎；而染脚趾甲的蔻丹，花一二十金不恤也；儿女教育费，较量锱铢，而一夜的麻雀，输三五百金，又满不在乎；某明星的乳房新论，也不过这种享乐意识无意中流露出来。然而下一代的婴孩并不是属于这些享乐主义的摩登女郎的，我们有权提出抗议：谁要吞没下一代的婴乳，我们就用最黑最黑的咒语诅她们死亡！

其实，目前已需要一个更广大的妇女运动了！

【选自曹聚仁著《笔端》天马书店一九三五年版】

# 人 间 世

人皆知有用之用，而莫知无用之用也。

——《庄子·人间世》

　　《庄子·人间世》篇假孔门师弟问答，阐发处乱世的消极论。颜回要往卫国，见那位以民命为儿戏，以国运做孤注的卫君，替水深火热中的人民请命；仲尼说他自去送死，未免太傻；关龙逢、比干之不得善终，可为前车之鉴，这番对话，和儒家人世观虽不相合，但代表乱离中一些人的处世哲学是无疑的。——东周而后，于孔丘、孟轲、墨翟一群用世的热心肠人以外，另有楚狂、接舆、长沮、桀溺丈人一群反用世的冷眼人；《人间世》所载楚狂、接舆故事，和《论语》所说大致相同，冷眼人最能了解用世者的苦心，所以出之以好意的讽劝。

　　孔丘之于冷眼人，亦常引以为知己。接舆歌《凤兮》而过车前，孔丘连忙下车，欲与之言。孔丘评论隐者，一则曰："鸟兽不可与同群，吾非斯人之徒与而谁与？天下有道，丘不与易也。"再则曰："不降其志，不辱其身，伯夷、叔齐与；谓柳下惠、少连降志辱身矣，言中伦，行中虑，其斯而已矣；谓虞仲夷逸，隐居放言，身中清，废中权；我则异于是，无可无不可。"唯用世的热心肠人，方能领悟冷眼人的襟怀。

孔丘说："天下有道，丘不与易也。"接舆提出相反的意见："天下有道，圣人成焉；天下无道，圣人生焉；方今之时，仅免刑焉。"在两者之间，我们将如何左右袒呢？以"天下兴亡，匹夫有责"而论，有道亦进，无道亦进，自是正当办法，所谓"我不入地狱，谁入地狱"也。可是接舆说"今之从政者殆而"，也值得注意。我们痛心于世乱时危，赶忙陈情献策，以为上回君听，有裨时艰；谁知定贵粟之议，贵粟正乃病农；献筹边之策，筹边适以劳民。用世一念，造成无穷罪孽，以至什么好话都已说尽，一应坏事无不上场，接舆所说"殆而"的"殆"字，倒显得十分真实。"我虽不杀伯仁，伯仁由我而死。"热心肠人到此地步，当深悔孟浪，不自觉地也走上反用世的路上去了。

昨读梁启超《饮冰室文集》，梁氏，近代政治家中用世之念最切者也；他所领导的进步党和研究系，三番四次，替这个那个做过猫脚爪；而其发刊《大中华》，乃曰：

我国民积年所希望所梦想，今殆已一空而无复余：惩守旧而谈变法也，而变法之效则既若彼，惩专制而倡立宪也，而立宪之效则又若彼；……曰乱党为之梗也，乱党平矣，而其效不过若彼。二十年来朝野上下所昌言之新学新政，其结果乃至为全社会所厌倦所疾恶；言练兵耶？而盗贼日益滋，秩序日益扰；言理财耶？而帑藏日益空，破产日益迫；言教育耶？而驯至全国人不复识字；言实业耶？而驯至全国人不复得食；其他百端，则皆若是。……其于人也亦然，曰甲派误国，乙派代兴则又何若者？曰乙派误国，丙派代兴则又何若者？曰官僚腐败，诚腐败也，而诋官僚者又岂其清高？曰新进浮躁，诚浮躁也，而排新进者又岂其笃厚？病独裁制则思合议，而合议之不厌于人心也如故。病合议制则思独裁，而独裁之不厌于人心也如故。希望某甲，某甲出矣，果何济者？转而希望某乙某丙，某乙某丙皆出矣，又何济者？盖数年之间，中国所有一切党派，一切人物，既杂逻焉旅进旅退于此广场，而彼之如苍生何，苍生之如彼何者，皆不过尔尔！

说来说去，一个热衷用世的政治家，毕竟迫出和楚狂接舆一样的结论来：

往者不可谏，来者犹可追，已而已而，今之

从政者殆而！

　　所以《人间世》的主张是不错的，郭象注《人间世》，云："与人群者，不得离人；然人间之变故，世世异宜，唯无心而不自用者，为能随变所适而不荷其累也。"甚得庄旨，我们生在这时代，究竟躲避现实呢？还是不躲避现实呢？

　　【选自曹聚仁著《笔端》天马书店一九三五年版】

# "著"、"教"生克论

著书都为稻粱谋，俭腹高谈我用优。万一飘零文字海，人间无地署无愁。

曹礼吾：《集龚定庵句》

教书十年，无不摇头太息，此夏丏尊先生所以有"宁可早死，不做先生"之说。卖稿十年，亦无不摇头太息，此傅东华先生所以有"此路不通"之论。我教书十三年，卖稿也差不多十来年，山穷水尽，浩然有归志。昨读郁达夫先生的《著书与教书》，怦然心动，觉得他所说的"著教生克论"，句句都是从肺腑中说出来的，句句"先得我心"。不过据我这挑过两头担的人看来，生克之道，尚不在"著"、"教"两职业的本身，而在本身以外。

"著"、"教"两职业，近有"自由职业者"的尊称。职业果"自由"乎？著书的人，积意经验，要想写一本著作，搜集材料五年，整理材料二年，然后磨墨伸纸，草写二年，修正一年，然后大功告成，岂不是好？教书的人，经年研究，创见迭出，然后登坛讲述，深入浅出，左右逢源，说得顽石点头，游鱼仰沫，岂非一畅快事？自由职业者想必时常有此梦想，其于事实，究竟如何呢？书店老板限你三个月编成二十万言的大著，不妨东抄西剪，毋庸别出心裁，学店老板着你每星期任课二十四小时，大小七八样课程，现炒现卖，家无留货。自由职业者所著所教的书，无非是市场上的商品？出得多，出得快，老板麦克麦克，方有"稻粱"可谋。至于"灵感"与"诗情"的永久失去与否，原不在老板算盘子打算之中。所以"著"与"教"彼此相克之时少，"著"、"教"同时被克之时多；自由职业者的呼吸也短促得太可怜了！

依我的经验，若以教书为稻粱的重心，以著书为寄兴，教书那一方面固然苦死了人，著书这一方面却比较能依自己的计划逐渐进行完成一满意的著作。或以著书为稻粱的重心，以教书为寄兴，每星期任课二三小时，兴之所至，亦能全堂肃静无声，如吃人参果，浑身舒畅的。或变更计划，把稻粱的重心寄托在别一职业上，把"著书"、"教书"都当作寄兴的事业，于卖稿算稿费，教书算薪水之外，有自由创作的余地，不相克而相生，其成就必更有可观。周作人先生说："大家最好不要以创作为专门的事业，应该于创作之外，另有技能，另有职业，这样对文学将更有好处。单依文学为谋生之具，这样的人如加多起来，势必制成文学的堕落。"（《中国新文学的源流》）可见以"著"、"教"为副业，或是保全"灵感"与"诗情"的别一大道。

穆勒·约翰（John Smart Mm）在东印度公司做书记，先后服务了三十年，以业务的暇余，写成《名学》（Logie）那么伟大的名著，在我真是非常羡慕的。我有时想学修汽车，有时想学医生，有时想学理发匠，有时还想替某伟人做门房，只希望不要靠"著"、"教"这种自由职业来糊口就好了。

【选自曹聚仁著《笔端》天马书店一九三五年版】

# 我们的遭遇

陈衡哲先生游美归来，在燕京大学讲演重游北美的几点感想。其中说到美国知识阶级所蒙失业恐慌的惨雾。她在美国遇到的六位同学，都是大学毕业生，知识才能都在水平线以上，有的还有独具的技能。"但他们中间没有一个不感到失业的恐慌，有位置的感到位置的不稳固，没有位置的感到找事的艰辛。"有一位还对陈先生说："假如你不帮助我到中国去的话，我就只好跳赫贞江了！""万方一慨，八表同昏。"美国的知识分子，其境遇可怜如此；以视我们中国的知识分子，"伯仲之间耳"！美国的大学毕业生要去跳赫贞江，而我们的诗人果然跳下扬子江了。

跳江自杀，有人说是"意志薄弱"，意志薄弱，容或有之，但意志即坚强又如何呢？佛尔礼（Ferri）（意大利犯罪学家）说："在人的身心上，没有再胜于饥饿的毒害的了。饥饿是一切非人情的、反社会的感情的根源；饥饿线上，什么爱，什么人情都不可能。"在饥饿线上，意志坚强则表现为触法犯禁。所谓知识分子，还没有触法犯禁的勇气；身上穿着长衫，不好意思走出礼义圈子似的。因此只有两条路可走：一条路是卖身，一条路是自杀。其不甘于污辱自己的人格的，那只好"自杀"了。屈原行吟泽畔，形容枯槁。渔父晓之曰："圣人不凝滞于物，而能与世推移。世人皆浊，何不掘其泥而扬其波？众人皆醉，何不铺其糟而歌其醨？"屈原曰："吾闻之，新沐者必弹冠，新浴者必振衣，安能以身之察察，受物之汶汶者乎？宁赴湘流，葬于江鱼之腹中，安能以皓皓之白而蒙世俗之尘埃乎？"朱湘先生在大解脱的一刹那间，必觉得"还我清白身"之足以自傲也！

王阳明龙场瘗旅，涕泣告其仆曰："吾与尔犹彼也！"朱湘先生的遭遇，便是我们的遭遇。这一年间，我的一位朋友，因为饥饿，替人牺牲，留下老母孤女去了。又一位朋友，盲肠炎大发，临终时还盘计什么地方的月薪可以预支，什么地方的聘金快要送来，终于无以为殓。这些悲惨的结局，岂不与朱湘先生投江自杀一样地使人伤怀吗？呜呼！途穷日暮，难道只有浩浩大波，是我们归宿的处所吗？

【选自曹聚仁著《笔端》天马书店一九三五年版】

# 逃出死亡线

几个知识分子聚在一起，便常常相顾咨嗟叹息着："无聊！无聊！"人生真是这样无聊吗？现在真是世纪末了吗？

近二十年来，知识分子之个人主义意识，享乐颓废倾向，越来越浓厚；其色彩如落霞晚照，刺激性极强，但黄昏近了，不久就会死亡的。这种意识，究竟由何而来？它的母胎即是知识分子所留恋的"小家庭"，近代青年男女，从大家庭中逃出，从宗法社会中逃出，但他们并不走向社会，做社会的人；他们躲避在小家庭中，和社会隔离，渐渐成为孤立的个人。

人，必是社会的人，生活方有意义，生存方有价值。变成为孤立的个人，那就是原始兽性抬头的机会。一座一上一下的衖堂房子，客堂，灶披，前楼，亭子间，住了四五家人家；事实上并不是四五家，乃是四五国，彼此不相闻问，不相往来，那"守望相助，疾病相扶持"的老话，早没有理会了。每家带着乡土的习惯，用"冷嘲"、

"憎恨"的态度相处,不断在打鸡骂狗中过活。从衙堂社会中成长的青年,没有社会,没有家庭,只有唯一的个人。所谓上海小市民,就是这一种纯个人主义的青年。其精神所注,以大旅馆生活表现得最出色,辉煌高大的建筑,装饰得十分华丽,而小市民在那里面,打牌,吃大烟,叫姑娘,一室之中,胡天胡帝,谁也管不了谁,于是变态性欲,变态物欲,错综以起;强奸,杂交,投机,冒险,如打吗啡针然,非有刺激性的不能鼓舞意欲,变态乃成为常态了!

知识分子所叫喊的"无聊",即是强度享乐后的"空虚";如狂醉初醒,手足是麻木的,舌头是苦涩的,眼睛是缭乱的,还能对于什么发生兴趣呢?这是邻于墟墓的死亡线,我们若不愿埋葬在那边,即须鼓起勇气从死亡线逃出!换句话说:我们即须步出小家庭(并非回向大家庭),到社会去,做一个堂堂的"社会的人"。

个人,力量是脆弱的,是无能为力的,容易陷于悲观的;一成为社会的人,力量便坚强了!什么都可乐观了!现在正是青年向上发展的时期,人生并不"无聊",何必咨嗟叹息呢!

【选自曹聚仁著《笔端》天马书店一九三五年版】

# 疑心生暗鬼

往常由教师限题作文，觉得很苦，因为没有话可说。现在提笔作文，可以从心所欲，不拘题目了，依旧是很苦；看文章的有心病的很多，疑心生暗鬼，从无字的缝中，看出嘲笑他的刺来。鲁迅先生的《阿Q正传》，在《京报附刊》发表的时候，"有许多人都栗栗危惧，恐怕以后要骂到他的头上。并且有一位朋友，当我（涵庐）面说，昨日《阿Q正传》上某一段仿佛就是骂他自己。因此便猜疑《阿Q正传》是某人作的，何以呢？因为只有某人知道他这一段私事。……等到他打听出来《阿Q正传》的作者姓名的时候，他才知道他和作者素不相识，因此，才恍然自悟，又逢人声明说不是骂他"（《涵庐闲话》）。幸而作者和犯心病的素不相识，否则鲁迅先生的冤枉是吃定了。我们生在这个世界，鼻子闭了，要打嚏发松发松，原所不免；但亦多信手写来，不含什么深意的，而犯心病者一定说是嘲笑他，提笔者便无时不感下笔之苦，找题目之难了！《阿Q正传》

收入《呐喊》集中时，还有人问鲁迅先生："你实在是在骂谁和谁呢？"鲁迅先生只能悲愤地说："我自恨不能使人看得我不至于如此下劣！"

昨读《两般秋雨庵随笔》，其中有一段引许多前人的诗。如《咏瀑布》诗云："流到前溪无一语，在山作得许多声。"如《咏铁马》诗云："底事丁冬时作响？在人檐下不平鸣！"如《咏夏云》诗云："无限旱苗枯欲死，悠悠闲处作奇峰。"如《咏蝉》云："莫倚高枝纵繁响，也应回首顾螳螂。"这些诗，好在是古人作的，若是鲁迅先生作的，又不知有多少人面红耳赤，以为在说他的隐私了。圣明天子在上，而"清风不识字，何事乱翻书"有杀头之祸，文字狱本来是点缀太平盛世的！

欲人之没有心病，即弗洛伊德也还没有办法，虽是苦一点，还是执笔者这方面来改良改良吧。往昔在名公巨卿大贾豪户之下做门客的有两种秘诀：第一种见面总说"气色很好，近来更发福啦"！他若叫我们估量年纪，四十岁的估他三十岁，五十岁的估他四十岁，虽是微笑，其喜可知。第二种他若买了古董或藏什么字画之类，值五十的估他一百，值一百的估他百五十，不可太估得大，显得自己是外行，切不可估得小，显得他是外行。而且要有话说，七成赞美，三成批评，正中他的"上怀"。这即丰之余先生所谓"二丑艺术"。我们欲免于人之"疑心生暗鬼"，也只能这样改良改良的。

不过《蒹葭苍苍》那么一首恋歌，而小序说是"刺襄公也，未能用周礼，将无以固其国焉"。贤人的注解一多，圣人不以为意的地方，也跳出讽刺的意味来了；我们只能祈求做注解的贤人，多多开恩，因为那想爱人的男子，是并不管什么"用周礼不用周礼"这些闲事的呀！

【选自曹聚仁著《笔端》天马书店一九三五年版】

# 书生之见

古今书生，皆有高见。

西汉正统派哭泣文学家贾谊，每当灾异，他总有一番痛哭流涕的陈情，叫汉文帝前席以听。他所陈大概是"色尚黄，数用五"之类。董仲舒通天人之际，会当天旱，他披起法衣，叫部下把城南门关起，自己爬上北门城楼喷水施法，祈天下雨。虽说法术不验，非其罪也。这两位大书生，生乎今之世，行古之道，可以荣任院长。

昊天不吊，这几年灾祸频仍，除请喇嘛做佛法宣佛号祈祷和平外，书生之见，未著经传。昨读清人笔记，极多信而有征，可予施行者。如清嘉庆间，以大水求言。有言官奏曰："宜令妇女腰间悉系黄带；以黄属土，土能克水故也。"今夏长江泛滥，近日黄河溃决，此议宜布告天下，咸使闻知。甲午中日之役，有四川贡生萧开泰上书总督，献胜敌之策，谓："太阳为天地真火，如用厚一尺方八尺之镜，引日光以发火，则敌舰在三十里外，不难立成灰烬。"此镜宜令兵工厂赶制，上可以烧飞机，下可以烧兵舰。又中日战役正亟时，有御史奏请起用檀道济。某京堂亦奏言："日本之东北有两大国，曰缅甸，曰交趾，壤地大于日本数倍，日本畏之如虎；请遣一善辩之大臣，前往该两国与订约共击日本，必可得志。"此予内政外交，皆可借镜。当今读经呼声甚高，我是读史派；读经可以治国，读史可以平天下，所以我来表章"书生之见"。

贾生居长沙时，每天灵感甚多；忽触灵感，备笔直书，得三五千言，驰以奉之长沙王。既返，又触灵感，振笔再作，又作三五千言，又以奉之长沙王。再返，又触灵感，振笔三作，约得三五千言，又驰以奉之长沙王。长沙王召而面质之，指其前后矛盾悖谬某处，语之曰："此书生之见也！"贾生嗒然以返，登露台大哭，若丧考妣。《鵩鸟赋》即写成于此时云。其后梁怀王既死，贾生神志昏乱，事见《史记》，不复征引。

太史公曰：今之谈书生之见者，咸推贾长沙为不祧之祖云。

【选自曹聚仁著《笔端》天马书店一九三五年版】

# 读《孝经》

　　前见报载，某将军令学生读《孝经》。近阜宁董某忤逆其父，写信索款，自称大太爷，直呼父名；阜宁县长将董拘押，令其诵读《孝经》。这一部伪书（孔子"志在《春秋》，行在《孝经》"语，见《孝经纬·钩命决》，不足为信。或谓《孝经》出于曾子，亦不足信；孟子称曾子"养志"之孝，《孝经》中绝无此说。孟子答公都子问匡章不孝，主张"父子不责善"，与《孝经》"故当不义则争之"的主张亦相反。此书盖汉初儒家所作，与孔、孟、曾子无关。疑《孝经》始于朱子，清姚际恒已有定论），在今年居然这样交运，真是出乎"意表之外"。

　　我是自幼熟读《孝经》的，但我不相信这部书对于世道人心会有什么裨益。日俄战争以后，日本的小学生常有在放学的路上，结群殴打的事；欧战进行中，日本小学儿童也常有彼此刃伤的事。这都是受国与国之间的敌忾心所暗示而反映到他们心理上的。近年中国社会种种反伦常的现象，仔细加以考察，也都是另一种社会现象的反映。自从清朝末年，奔竞之风大开，明里暗里，都在奖励失节卖身；投机之外无所谓操守，利害之外无所谓道义。这样一个大动荡，什么伦常关系都激起了变化；师生、朋友、兄弟、父子之间，自然变成打算盘的交易了。另一方面，由于都市所孕育的个人享乐观念，把对家庭的责任心减低了。多少老太爷老太太在儿媳的小家庭里，寄人篱下，仰承鼻息，比仆役还不如。若说逆子应该读《孝经》，则今日摩登小家庭之主人翁应读《孝经》者多矣，岂独董某应该拘押呢！

熊佛西先生曾写过一本《洋状元》的剧本，那位称呼"父亲老同胞"、"母亲老同胞"的洋状元，并非虚构之词。从外洋归来的洋状元，他觉得洋伦理样样都对，中伦理样样碍眼；宁可替"飞洋伞"做忠仆跑腿，决不肯替老太爷担负；宁可在电车上让不相识的密司坐位，决不肯让老太太休息一回。人有广送《太上感应篇》，而效果全无者，劝读《孝经》的结果大概也是如此。

目前最切要的工作，不在广读《孝经》，而在砥励操守，大家莫再奖励失节卖身，才是道理！

【选自曹聚仁著《笔端》天马书店一九三五年版】

# 出气主义

在非常寥落的观众中，我们看了刘别谦所导演的《活财神》。

前几时，上海小市民对于"如你中了五十万大奖"这样一个试题曾有过许多答案。但刘别谦所做"假如你有百万金"的十个答案，却不为上海小民所喜，虽说航空奖券开奖在即。刘别谦的答案中，有两个非常深刻：一个正将执行死刑的囚犯，忽接着百万金的支票；他一面走向法场，一面狂喊"我是百万金的大富翁"。又有三位丘八把百万金支票当作笑话，轻轻用以抵付杂货店的旧欠，眼见杂货店老板平地化为大富翁，自己则凭栏呆看。其余那些答案大都是写压在下意识层的欲求，在百万金支票的机会之下，大大发泄一下。瓷器店伙计，因了平日碰碎瓷器的赔累，这一天，尽量把店中瓷器打个痛快；时髦女郎称心如意地布置自己的客厅和卧室，把电灯关了又开，开了又关；呕气过多的小职员昂然闯入经理室，报经理以恶声而去；懊丧于新汽车被撞的某夫妇，买了八辆汽车，横冲直撞，直到撞完为止。这有如弗洛伊德所说，在梦中满足了我们的欲望；平日被经济制度压迫着，一旦得了机会，爆发而为快意的报复，所谓出气主义是也。

不仅或然的经济佳运，要使被压迫的欲望发为快意的报复；或然的权力佳运，也要演出同样的快意的报复。平日饿瘪了肚子，在菜馆外看别人吃牛排鸽蛋，把自己的口沫咽了又咽；一旦发了财，至少要把口沫吐在侍者的脸上，把顶贵的大菜吃了又吃。平日被人所践踏凌辱不敢抗颜的人，一朝权在手，恩怨分明，某人当朝一品，某人杀头充军，串一本衣锦还乡，给故旧一点颜色看看。英雄主义的对面，好像便是出气主义。英雄既是买中权力彩票的头彩的人，出气的对象，当然是我们老百姓，权力彩票不断开出，中头彩的英雄不断产出，我们老百姓乃如瓷器店的大小瓷器，打了一批又打一批。

出了气以后，那就怎样呢？汽水出了汽，只剩一碗冷水；烧酒出了气，也只剩一碗冷水。瓷器店伙计，时髦女郎，小职员，某夫妇，大家都租了洋楼，买了汽车，雇了许多男仆女役，打打牌，兜兜风，如斯而已。中权力头彩的英雄，会有别的花样吗？

所以刘别谦，他决不敢做某一种的试探：或

是每人分千元，分给万个人；或是每人分万元，分给千个人。因为那样一做，不仅悲剧，喜剧，悲喜剧的错综交杂，非几种旧型所能包括，还暗示出另一种重大的意义来。

【选自曹聚仁著《笔端》天马书店一九三五年版】

# "学 问"

在中国素来是知识分子的专利品，专利了三千多年。春秋、战国的统治阶级，多头分治，没有一个集中的力量。知识分子就利用这个机会想一点，看一点，说一点，有儒家、道家、法家、墨家那些不同的见解。因为没有集中的高压力量，见解乃可以不同，诸子乃可以分为百家；因为见解可以不同，对于人生社会等问题，乃可以正面讨论，侧面批评。秦以后，情形大不相同了：法家得君行道，阴阳家也抓住一个机会，跟着道家、儒家也在这方面做工夫，揣摩皇帝的脾胃，做一点合口味的点心，成为知识分子（士大夫）唯一的学问。墨家则依附权门而为郭解之类的侠士。西汉大儒，贾谊、董仲舒、扬雄、刘歆这些人，都是奴才学大师。东汉以后，代有传人，北宋以来，情形又大不相同了。从前的夷狄闯进来做主子，从前的主子对夷狄要称"叔"称"父"称"大皇帝"，也变成奴才了，知识分子连类降级，降为奴才的奴才，如"次殖民地"一样成为"次奴才"。从前的奴才学也有点不适用了，又修正修正成为"次奴才学"，如秦桧、贾似道、赵孟頫、洪承畴都是这个专门学程的大师。奴才学和次奴才学是不作兴谈论"人生"或"社会"的，聪明的奴才，乃谈些"心性"或"训诂"、"考据"之类的东西。其间也有几个傻奴才，看不惯现状，要正面看看人生与社会，如王安石、叶水心功和派的主张变法，顾亭林、黄宗羲的主张抛开书本到社会去观察，颜元、李塨的主张实践躬行，其结果无非触一鼻子灰，牺牲一群性命。所以历来知识分子所谓"学问"，无非是"事君之道"加"事夷狄之道"。

时代毕竟有些不同了。竖蜻蜓、翻筋斗等做贼工夫，到了纽约，无所肆其技；落马湖那些英雄，不会开汽车，不会开保险库，在纽约不仅"落伍"，还要落"陆"了。因此，学问无用论的呻吟，从知识分子的口角漏了出来。这"无用论"有两种意义：一种是从前"事君之道"加"事夷狄之道"，觉得于做新奴才不甚适用！一种是要看看人生和社会，想把奴才的架子丢掉。由于前者，乃有某某及其门徒的新考证学和《独立评论》的政论；由于后者，乃有新兴社会科学的研究。

【选自曹聚仁著《笔端》天马书店一九三五年版】

# 刑赏忠厚之至

　　"吾友"木斋先生融会新旧，博通古今，可以端拜而议。其议"考"，谓当师古法，明"刑赏"，虽贾谊、董仲舒复生也不过如此说。

　　前人笔记说唐太宗私行暗访，看见许多新科秀才（注）的得意忘形，心里大为高兴，道："天下英雄尽入吾彀中！"中国考试的古法古意，本来是要"天下英雄尽入吾彀中"，把青年一点豪情壮志，消磨于萤窗之下，野性的狼，渐渐驯化而为摇尾巴的狗；自古至今，考试没有不注重文章，也没有不用孔家经典；元、清虽以夷狄入中国，而八股试帖之势力不衰，其势然也！

　　北宋大文学家苏东坡，他的省试名作《刑赏忠厚之至论》说："先王知天下之善不胜赏，而爵禄不足以劝也，知天下之恶不胜刑，而刀锯不足以裁也，是故举而归之于仁以君子长者之道待天下，使天下相率而归于君子长者之道，故曰忠厚之至也。"其意若曰：有功的受上赏，那是当然的；功太多了，赏不胜赏，将奈何？反动派的该处重刑，也是当然的；反动派太多了，罚不胜罚，将奈何？先王想出一个妙法，叫大家归之于君子长者之道，归之于忠厚之至的"仁"。"仁"是一个抽象的名词，见之于行事，定一种制度曰"科举"。其意若曰：你们要高官厚禄，那就该来应考；你们要来应考，那就该依照我的功令程式；你们依了我的功令程式，那就一生得在圣经贤传中翻筋斗，这岂不是非以高官厚禄赏，而其效大于以高官厚禄赏？你们若不应考，或应考而不遵功令程式，如朱买臣穷居，苏秦不第，父不以为子，妻不以为夫，嫂不以为叔，只好悬梁刺股，再发愤一下；这不是非以刀锯惩，而其效神于以刀锯惩？谚云："教妇初来，教儿婴孩。"在青年时代，先磨炼磨炼，磨炼一副上好坯子，好则足以受上赏，坏亦免于流人反动，岂非忠厚之至吗？

救治时疫，须用古方：肚痛请吃香灰，三阴疟要念高皇经，吾辈圣人之徒，唯读经方能救国，再申苏子之说以候行人之采风！

（注）唐代秀才地位尊贵，略与明清进士相仿佛。

【选自曹聚仁著《笔端》天马书店一九三五年版】

# 两扇文章

据说，白话文流行以后，办文书的师爷将要绝种了。现在还有几个"鲁灵光殿"式的老头子撑场面，但鲁灵光殿马上就要倒的，岂非有绝种之虑？

文书师爷的佳话里，有几个头儿脑儿的人物：民国初元，替黎元洪做骈俪通电的饶汉祥，光绪年间，替皇帝做罪己诏的樊增祥，都做了些古色古香、情文并茂的"典谟训诰"，大为师爷们所倾倒。文书圣手的拿手好戏，说是从夹裆里开出天地，其秘诀从八股文中学来；并不冠冕，偏说得十分堂皇；明明无耻，却喊得非常响亮。清初，大家在异族面前磕头，问心未免有愧。文书师爷摇一摇笔杆道："杀吾君者吾仇也，杀吾仇者吾君也。"尽管磕头，心君为之泰然。甲子之役，卢永祥打了败仗，决定下野出洋，脸上未免无光。文书师爷摇一摇笔杆，道："爱国不敢后人，成功岂必自我！"请将军体体面面下场。在主子忧心如结的时候，奴才能想法替他分忧，文书师爷之不能让他绝种，其理甚明。

　　且搁开文书师爷之善做夹裆中妙文不提，单讲善做两扇妙文之另一种名手，其人是伟人，他是某组织的"上头"，乃着手做两扇文章：先把现有势力分成两扇，让它对垒起来。"甲"与"乙"斗，看谁胜谁败，乙失败了，他就用甲。同时培植另一"丙"的势力以成两扇。"甲"与"丙"斗，"甲"失败了，他就用"丙"，又立培植另一"丁"的势力以成两扇。这样两扇两扇好文章写下去，而他高高在上。慈禧太后、袁世凯、徐世昌……都以善于做这一种文章名于世。不过高高在上，也不能常打如意算盘。有时，两扇文章正做得得意，忽然上头将他一转，截然中断，接不下去，只好扮个鬼脸下场。如徐世昌一生圆滑，不免于触一鼻子灰，即是上头转了一转的缘故。近百年来，做来做去，从来不曾脱榫的只有那"上头"的"上头"——叫做"帝国主义"，他方是八股文的第一把名手。他就"中国"这个题目先做了两扇文章：第一扇，帮清廷消灭革命势力；第二扇，帮革命党推倒清廷。辛亥革命成功了，又来了两扇：第一扇，帮袁世凯消灭国民党；第二扇，帮国民党推倒袁世凯。袁世凯上天了，又来了两扇：第一扇，帮北洋军阀消灭国民党；第二扇，帮国民党打倒北洋军阀。中间还有许多妙文，也是两扇两扇地做成：帮直倒皖，帮皖倒直，帮奉倒直，帮直倒奉。只有民国十六年，国民革命到了汉口，眼见得两扇妙文要脱榫了，他急得什么似的；幸而凑搭得快，又搭成了两扇。以目前现状观之，这种两扇文章，他一时还做不完呢！

【选自曹聚仁著《笔端》天马书店一九三五年版】

# 中国的秘密

日本文学家森鸥外在批评《水浒传》的末尾上说：

"此外在《水浒传》的性质上还有一件可以注意。这就是这书所含的中国文明史的分子简直就是中国社会的分子的一件事。换了话说，就是宋代的中国和现今的中国有同一的现象，它正影印在这部书里头，因而无论如何，《水浒传》不失为中国的特产的一件事。中国为什么总有疫疬、凶歉、泛滥，相继而至？中国的官吏为什么不能够防遏它？中国为什么总有匪徒横行？中国的官兵为什么不能够荡平它？这是宋时已有的问题，而今也还不能解释。我每读《水浒传》，便未尝不想到也。"（见《文学社谈》引）

这个课题，应该让专家去写整册的答案的。我的试探，只想从《水浒》本身来找答案；中国的秘密，从幕的另一角正透示给我们。《水浒》中一零八位好汉及其有关系的人物，其出身并不相同：有的捉鱼，有的卖柴，有的打猎，有的贩生药，有的钉船，有的打铁，有的还是小偷之类，既非在同一处生长，又非呼吸同一空气，但他们一上了梁山泊就显出了两种特性：甲，忠于自己的职务，死守勿去，有牺牲的精神；乙，视自己的集团为一体，甘苦与共，有互助的精神——所谓忠义堂是也。我们平常所嗅的都是溃烂层的气息，这岂不是指示我们在溃烂层以下，仍是长着新细胞，泛滥着鲜血吗？

和梁山泊好汉相对的：在朝的蔡京、高俅，帮闲的陆虞候、张都监，这才显出士大夫阶级（所谓知识分子）的本色：阴谋、造谣、中伤，处处打个人利己的算盘。他们揣摩皇帝的心理：皇帝要和戎，他们就上劝进表；皇帝要游宴，他们就办花石纲；得志则为卿相，失意则为绅士，捧住了皇帝，吃住了老百姓，什么社会安宁、国家福利都不在话下。但是他们有一支笔，一条长舌，正面也有话可说，反面也有话可说，样样都粉饰得若有其事。所以中国为什么总有疫疬、凶歉、泛滥，相继而至？中国的官吏为什么不能够防遏它？中国为什么总有匪徒横行？中国的官兵为什么不能够荡平它？这几乎不成其为秘密。中国的统治阶级（便是士大夫阶级）"不想办事，只要办人"，可说是尧、舜、禹、汤、文、武、周、孔以来的心法，"但求无过，不求有功"，可说是朝野上下的共同方针。不防遏疫疠、凶歉、泛滥，乃有发财机会，让匪徒横行，乃有升官机会，这从以"办事"为中心的看来成为不可解的谜，而从"办人"的中心看来，乃是必然的结果。

再把《水浒》中另几个好汉解剖一下：做过押司的宋江，员外卢俊义，破落户柴进以及教书匠吴用，都带点士大夫阶级的气氛。当其做佐杂小吏，做土豪劣绅的时候，未始不同流合污，当其上梁山泊做头领的时候，又未始不崇尚虚文，切慕招安。《水浒》第七十一回，宋江大醉，乘兴作《满江红》一词："望天王降诏早招安，心方足。"只见武松叫道："今日也要招安，明日也要招安，冷了弟兄们的心！"黑旋风便睁圆怪眼，大叫道："招安，招安，招甚鸟安！"这便是梁山泊好汉中士大夫阶级出身和非士大夫阶级出身的分野，也就是了解中国之谜的钥匙。

【选自曹聚仁著《笔端》天马书店一九三五年版】

# 论《庄子》与《文选》

## ——质施蛰存先生

**蛰存先生：**

那天在《大晚报·火炬》栏看见先生推荐《庄子》和《文选》给青年，我心中很不以为然。因为西边一位将军仗剑在洞庭湖上喝道："不许白话文渡湘潭！"南边一位将军下手谕道："大中小学着即添加读经一课！"在朝的复古倾向如此，而青年在什么什么考试之后，又颇有舍白话而从文言之势；我们再要推波助澜，这将成为什么世界！只因近来颇怕闯祸，又和先生素不相知，不敢冒昧乱说。后来看见丰子余先生的《感旧》，觉得他所说的，正给先生一个正面的批评，那是对的。颇想加入说几句；今天，在《自由谈》读了先生的答复，更忍不住要说一说了。

先生解释为什么希望青年人读《庄子》和《文选》，是因先生自己从国文教师转到编杂志的经验，"感觉到青年人的文章太拙直，字汇太小"。因此推荐《庄子》与《文选》，想使青年人从这两部书中"可以参悟一点做文章的方法，同时也可以扩大一点字汇"。恕我质直地说，先生这话完全是错误的。《文选》中分量最多的是"赋"和"诗"，先生要叫青年人读《文选》，无非要他们读这些东西；青年能读不能读姑不说，你我总比青年"巧曲"一点，字汇多一点，先生试取《子虚》《上林》那些名篇读一读，先生敢夸一海口，说"那些字我都认得，我都懂得"吗？连你我读过一点旧书的人，都处处碰到拦路虎——难字与涩义，叫青年人们去读，究竟会有什么好处？先生所谓青年人，年纪比我们至少小一二十岁，叫他们读天书一类的东西，会从此"参悟一点做文章的方法，同时也可以扩大一点字汇"，我百思不得其解。若先生叫青年人读《文选》，并不叫他们读诗赋之类，那先生为什么又特地举出《文选》呢？《古文辞类纂》、《经史百家杂钞》之类，不也收同样的文篇吗？

其次说到《庄子》，那麻醉性的放任主义的利弊，且不去管他。推荐一部书给青年，至少要使青年能接受。先生是从讲堂转到编辑室的，请问《庄子》中的三名篇：《逍遥游》，《齐物论》，《养生主》，怎样一种天才的青年，能够接受、欣赏、了解呢？没有哲学素养的人，能够了解《齐物论》吗？你，我，人到中年，在社会上鬼混了一些时光，味尝了人生的甘苦，所以《庄子》颇合了我们的脾胃。在青年人，或者懵然不知其味，或者目之为迂旧，我们即介绍给他们，他们怎样去参悟呢？

说到"每一个文学者必须要有所借助于他上代的文学"，那是对的。但所谓上代，至少和现代不要隔离得太远。

林语堂先生在《论语录体之用》一文中说得好："此后编书，文言文必先录此种文字（指语录文），取中郎，宗子。圣叹，板桥冠之，笠翁，任公，学诚次之，定庵，子才，亭林又次之，然后使读庄子，韩非之文，由白入文，循序渐进。"我们的文章，受梁启超式的文言影响最多，桐城派古文次之，唐宋古文又次之，先秦诸子文又次之，老实说：《文选》的文章，影响于我们的最少，几乎可以说没有什么影响，那又何必借助呢？

至于扩大一点字汇，我看先生更说错了。中国的文字，秦以前是用字时代，每一个现象给他一个区别，所以东南西北就有四种外国人的名称。汉以后趋向于用词，合字成河，所以许多字渐渐死亡。汉代犹存古制，所以士大夫要认识二三千生字，方能"学古入官"；当时的急就篇，大概和现在的《文官考试必携》的性质相同。赋家的名篇所以"洛阳纸贵"，就因为大家借作——"扩大一点字汇"之用。可是唐代以后，类似字典、辞典之类的书出来了，大家无须从前人赋篇去借作扩大一点字汇之用。你我虽每人未必认识二三千以上的生字（单认偏旁的不算），用起来绰绰乎有余裕，这便是后人用词与前人用字不同之点。先生要叫青年从《文选》《庄子》去扩大一点字汇，怕有开倒车之嫌吧？

青年并不是我们这一代的人，我们不应该引他们走死路。若先生自己看《文选》《庄子》，我绝无异议。要介绍给青年，也叫他们去研读，窃期期以为不可。先生，没有比这两部书更有利于青年的书了吗？敢问。

曹聚仁
十月八日

【选自曹聚仁著《笔端》天马书店一九三五年版】

# 读经请愿记

西边有一位圣人，通电全国，主张恢复读经以正人心；南边又有一位圣人，提出议案，通令全省读经，每周至少六小时，将以挽颓风；正人心，挽颓风，都是盛世美举；小民恭奉纶音，雀跃三百，赶忙穿起草履，到西方去。

小民——闻君行仁政，斯亦圣人矣，愿为圣人氓。

西圣——好，好，你去读《四书》好啦！

小民——不知还是读宋朝以后的《四书》？还是读宋朝以前的《四书》？

西圣——嘎！

小民——宋朝以前没有《四书》（《大学》《中庸》只是《礼记》的两篇），禀圣人，《礼记》里的《大学》，和现在的《大学》不一样。

西圣——嘎？

小民——禀圣人，程伊川说他的《大学》本子不错，朱夫子说他的《大学》本子顶对，王阳明说他有古本《大学》可证，不知小民读哪一种才对?

西圣——嗄!这样连我也弄不清楚了,你们不必读了罢。

小民又穿起草鞋,航海而南。

小民——闻君行仁政,斯亦圣人矣,愿为圣人氓。

南圣——好,好,你去读《五经》好啦。

小民——康有为拖我去读《公羊春秋》,章太炎拖我去读《左氏春秋》;黄以周说《周礼》是圣人的宝典,皮鹿门说读《仪礼》才是正路;庄存与说《诗经》要信齐鲁韩三家说;惠定宇叫我必须相信毛郑的话。究竟要读哪一种经呢?

南圣——嗄,你说什么?

小民——庄存与、刘逢禄揪住孙诒让、黄以周的辫子了,戴东原、顾亭林扭着王阳明、陆九渊的领口了;郑康成在那里和何休斗嘴了,刘歆打太常博士的巴掌了;禀圣人,他们身上都挂起经学大师的徽章呢!

南圣——嗄,你说什么?

小民——禀圣人,孔老夫子在那里发气啦,他说:从来没有看见什么五经六经,也从来没删定什么五经六经!定有奸人冒名影戤,在外招摇撞骗,小子鸣鼓而攻之可也!

南圣——嗄,你说什么?这样连我也弄不清

楚了,你们不读也罢了!

　　小民一心一意想去读经,谁知圣人也不知读什么才好;只索穿起草鞋,重返故乡。这正是:矮人看戏何尝见,只是随人说短长!

　　【选自曹聚仁著《笔端》天马书店一九三五年版】

# 谈 鲁 迅

鲁迅是莱谟斯，是野兽的奶汁所喂养大的；……他从他自己的道路回到了狼的怀抱。

——何凝《鲁迅杂感选集·序言》

谈鲁迅的文章已经写得很多了：李何林所编的《鲁迅论》，搜集了方壁《鲁迅论》、张定璜《鲁迅先生》、林语堂《鲁迅》那些名篇，最近何凝的《鲁迅杂感选集·序言》又给他以新的估价，似乎不必说什么了。然而，我还想写一点。

鲁迅先生是非常寂寞的：《新青年》时代的同伴，有的飞黄腾达了，有的回到书斋过隐士生涯去了，只剩他飘泊在沙漠上。"凡有一人的主张，得了赞和，是促其前进的，得了反对，是促其奋斗的，独有叫喊于生人中，而生人并无反应，既非赞同，也无反对，如置身毫无边际的荒原，无可措手的了，这是怎样的悲哀呵，我于是以我所感到者为寂寞。"（《呐喊·自序》）

先前，鲁迅先生曾用了种种方法，麻醉自己的灵魂，在槐荫古屋中钞古碑，过装死的生活。

但《新青年》时代以后，就不许他这样做。他的偶或咳嗽声，也许成为文坛的谈话资料，或许成为嘲笑的题材。因此，鲁迅吃饭，鲁迅走路，都写入文坛消息。然而，鲁迅先生更寂寞了：仲尼巍巍坐在圣庙里，也得七十二贤分列左右，热闹热闹；文学革命了十来年，只让黄忠老将独打头阵。打了一阵，回头看看，后无来者，岂不要倒抽冷气吗？

中国文坛有所谓左翼，却不见所谓右翼。以题材论：甲午中日战争也是发扬民族精神的好题材，可以写成如显克微支的《火与剑》那样伟大的历史小说，却不见有人着笔。神州国光社的万金重赏，也不见勇夫登场、没有右翼的左翼，这文坛真寂寞得可以。左翼文坛之奉鲁迅先生为宗匠，更是滑稽的事；给《呐喊》、《彷徨》以新的评价原是可以的。新评价毕竟不是新作品。以这种博大庞杂、万澜齐动的社会题材，竟不见一部伟大作品出来！

鲁迅先生的话早已说完了，走马灯转了过来，又须重新来述说一遍；走马灯永远转不完，他的话只能够说了再说。不长进的孩子，任凭你耳提面命，依旧言者谆谆，听者藐藐，在大人的心头，是如何的痛楚呀！最可异的，当章太炎、汪精卫、胡汉民在东京办《民报》的时候，梁启超的《新民丛报》和他们旗鼓相当，时常大战三百回合，愈战愈有精神。在新文坛中，也曾有过创造社和文学研究会、《语丝》和《现代评论》的廊战，鲁迅先生于是走进他自己所设想的境域。

他走进无物之阵，所遇见的都对他一式点头。他知道这点头就是敌人的武器，是杀人不见血的武器，许多战士都在此灭亡，正如炮弹一般，使猛士无所用其力。

那些头上有各样旗帜，绣出各种好名称：慈善家，学者，文士，长者，青年，雅人，君子……头下有各种外套，绣出各式好花样：学问，道德，国粹，民意，逻辑，公义，东方文明。

但他，举起了投枪。

他微笑，偏侧一掷，却正中了他们的心窝。

一切都颓然倒地——然而只有一件外套，其中无物。无物之物已经脱走，得了胜利，因为他这时成了戕害慈善家等类的罪人。

但他举起了投枪。

他在无物之阵中大踏步走，再见一式的点头，各种的旗帜，各样的外套……

但他举起了投枪。

他终于在无物之阵中老衰，寿终。他终于不是战士，但无物之物则是胜者。（《野草·这样的战士》）

　　章太炎先生曾在某次讲演中，说起在东京时打笔墨官司的豪兴，言下大有恋恋之意。鲁迅先生当不禁想起陈西滢先生：在战场上遇到敌手，比走入"无物之阵"总痛快一点。

＊　　　　＊　　　　＊

　　有一回，我在车上听到两位车客谈论鲁迅。甲说："现在白话文，冰心女士的还有点味儿，鲁迅的《阿Q正传》不知说的什么。"乙说："他们都说《阿Q正传》是最有名的作品呢！"鲁迅先生的小说，对于社会的影响不能算得怎样大；他的最有力量最有影响予社会的作品要算他的讽刺散文。鲁迅先生说明他写文章的态度是这样："我的确时时解剖别人，然而更多的是更无情面地解剖我自己，发表一点，酷爱温暖的人物已经觉得冷酷了，如果全露出我的血肉来，末路正不知要到怎样。我有刚也想就此驱除旁人，到那时还不唾弃我的，即使是枭蛇鬼怪，也是我的朋友。"（《〈坟〉的后记》）因此，他的每一篇作品，都面对着现实，给它以无情的赤裸的剖开。从他的作品中，处处照见人们的灵魂隐秘处，使人们觉得有点忸怩，因此，他的敌人非常之多，张三说是道破了他的隐私，李四说是画出了他的丑态，他有点近于孔融，曹操辈最不高兴他。

　　有人以为讽刺作家的基点是"憎恨"，那是错

74

的；讽刺家的基点在于"悯怜"——最深切的同情。鲁迅先生他看见赵家的狗，赵贵翁的眼色，看见说咬你几口的女人，看见青面獠牙的笑，看见孔乙己的偷窃，看见老栓买红馒头给小栓治病，看见红鼻子老拱和蓝皮阿五，看见九斤老太，七斤嫂，六斤等的一家，看见阿Q的枪毙，一句话，他看见一群在 Sphinx 脚爪下的可怜虫。其实你与我，连鲁迅先生自己都在内，谁不在 Sphinx 的脚爪下宛转，哀呻？对于同命运的人，我们忍得憎恨吗？所以鲁迅的笔底，像是最无情的剥露，实是最恳切的同情。

鲁迅先生伟大在此。

【选自曹聚仁著《笔端》天马书店一九三五年版】

# 朱熹与韩侂胄与唐仲友

　　很早很早，我早就听得关于狗与猫、猫与鼠、鼠与蛇、鸡与蜈蚣、蜈蚣与龙之间彼此相仇的故事，它们的相仇总是为的极细琐的事，因为是畜生，为极细琐的事生气，度量所关，本难勉强。不过蜈蚣咬了阿三的手指，阿三娘就来借重雄鸡红冠子的血；石匠造长桥，定要蜈蚣伯伯显形，像红头阿三一样守在门口；虽说相仇是它们的私事，看到这个情形，它们想必"悔不当初"了。

　　我的父亲，他很熟知朱熹的故事。有一天，我们围在桌上吃饭，他说到朱熹请韩侂胄吃饭的事，朱熹有一个古板的办法，不问是怎样分等的客人，总只准备四碗菜。韩侂胄，后来是做到宰相的，不知那时以何因缘要去拜访朱熹；朱熹呢，自然不知道他将来是要做宰相的，仍只准备四碗菜。这个未来宰相大生其气，后来做了宰相，朱熹的命几乎送在他的手里。我们那天吃饭只有两碗菜，我心里想：只要有四碗菜，我一定不生气。那是太孩子气的想念，年纪一大，渐渐明白这是世故的事；即算是八碗菜，也还是要惹人生气的。只好保佑别人莫做宰相，否则送命的机会总是很多。

后来自己会看古书，才知道朱熹还和唐仲友有一段因缘。据我们所知，唐仲友也颇有学问，颇有才略，若说是缺点，他是太浪漫一些，和一个美妓有恩情。不知这样触犯了朱熹的威严——有人说是因为主张不同，那当然是谣言——他一定要唐仲友的命。唐仲友死后，所遗的著作，都由朱熹设计毁灭掉。我这才明白过来，别人虽不做宰相，也还是有性命的危险的。

上帝保佑我，莫踏到人家的长尾巴。

【选自曹聚仁著《笔端》天马书店一九三五年版】

# 说　饿

前几天，《大公报》旅行通翁记者长江写一段《成兰纪行》，其中有一节记一饿殍的事，说：

在红桥关南，有一垂死之男予，屈股卧道旁，口唇时动。记者乃以馒头一枚予之，其手已失知觉，跟亦不能张合自如，屡触其手，并以馒头置其唇鼻间，久之，彼始移手接馒头，又久之，始以馒头纳口中。经其咬一口后，但见其全身突然颤动，口眼大开，直视记者等，呜呜作声。饥之于食，非身历其毙者，不知此中滋味也。

这样轻描淡写写来，如一股冷流似的直冲到我们的心眼，从前晋惠帝说饥民为什么不吃肉，闹过流传千古的笑话。光绪帝于庚子年逃难到西安去，途中久不进食，他不知怎样的，只觉得肚子痛，也是一样的笑话。饥饿的况味，本非身自经历过，不会知道的。挪威文学家哈姆生（Hamsun Knut）曾经用肚子饿的题材写了一本小说——《饥饿》（Hungry），其中有几段可与那段通信对看：

……每当我挨过任何长时间的饥饿时，我的脑筋就好像悄悄地逃出我的头盖，只留给我一个空壳，我的头渐渐飘浮起来，我不能感到它在我的肩膀上的重量，而且当我观看任何事物时，我竟故意将我的眼睛睁得过分大。

……我懒洋洋地走下街道，在海吉哈津街的一处，在一家吃食店的门前站住，有许多食物陈列在那店铺的窗子里。一只猫在躺着，酣睡在一个圆形的法国面包旁边。后面还放着一盘猪油和几盘肉。我站了一回，注视着这些食品，但想起我没有钱可以购买，我骤然掉转头去，继续我的蹩躞。……我的脑里忽然起了一阵大混乱。我仍旧向前踉跄，决意不去理会脑里的混乱；但我越走越坏了，终于不得不在一个步阶上坐下。我的全生命起了变化，仿佛有些东西在我的内部滑倒，又仿佛我的脑网或脸脑已经撕作两片了。

和这饥饿的情形相衬的还有一段写他饥饿后大吃的情形，说：我开始大吃，越吃越饕餮，不加咀嚼地吞下成块的肉，每口每口像一只野兽似的吃着，并且像一个吃人的精怪似的撕肉……完事之后，我立刻走到门边；我已经觉得恶心了。食物开始作怪，我非常难受，片刻都忍不住了。我不得不在我所走过的每个暗角上作呕。我挣扎着想制住这种势将使我再成空肚的恶心；紧握着我的手，想把它征服；在街沿上顿脚，并且咽下一切翻起来的东西。一切都无效，我终于跳进一个门廊，折着身体，头向前，从我的眼睛里迸出来的泪水使我眼睛都迷糊了，并且大呕了一次。我痛苦得要命，一面咽泣，一面沿着街道走去。

饥饿的身体变化，哈姆生写得非常真切。最初期的"饿"，先从肚子闹起，好像肠胃部分有什么东西在刺似的，这便是光绪帝所谓肚子痛，再进一步，脑子涨和作呕的症候一同发作，头一摇动，眼前满是一颗颗星光。大约饿了三五天，到了饿的第三期，头重脚轻，四肢无力，和病人一样，口中不断喘息，照一般情形说，饥饿总是非常痛苦的；明末被清兵所俘虏的大臣洪承畴，准备饿死殉国，饿了几天，实在支持不住了，一杯米汁灌下去，使他诱起生的意欲，依旧活下去，做了清朝的降臣。（弘一法师入山修行以前，曾经静坐饿了二星期；据他说，心君泰然，非常舒服，那只能算是例外。）

饥饿在心理上变化，比身体上的变化还要复杂得多。哈姆生说一个人饿得久了，看见路人个个是仇人，即是穿一件单褂子的，在他眼里也见得那是骄傲。这是说由饥饿激起憎恨的情绪。光绪年间，山西大饥荒。有一段新闻，说一个外省人到了那里，就被那些灾民宰掉吃了，由憎恨而吃人，也是情理之中应有的事。儒家初期的圣贤，也承认一般人到了饥饿地步就不免胡为妄动，也承认会有人相食的悲剧局面。

但他们以为一个修养有素的君子，就得在饥饿上显出不同的操守来。《礼记·檀弓》记一个饿昏了的齐人，黔敖用悯怜的口吻招呼他，他以倔强地不吃那"嗟来之食"，终于饿死。曾子虽不赞成齐人的终于饿死，但他非常赞成齐人倔强拒绝那悯怜口吻的态度的。

儒家的君子，我们没有看见过，伯夷、叔齐饿死首阳山的传说也不十分可信。三代以后，只看见一个挨饿的诗人陶渊明，有点近于儒家的理想。陶渊明归田以后，境况大致不十分好。有一回，江州刺史檀道济去拜访他；他饿瘪了肚子睡在床上好几天了。檀道济亲自慰问他，馈送肉和粟米给他；他挥手拒绝，简直不领情，他是这样充分实践了儒家的主张的。他又有一首乞食诗，写他没有饭吃时候，向乡邻这家那家乞食的情形。乡邻知道他穷苦，时常留他吃饭；诗末以"感子漂母惠，愧我非韩才。衔戢知何谢，冥报以相贻"四语结尾，他对于邻里留饭的盛情是如何的刻骨铭心！人到贫穷时，容易变成非常敏感，无端的忿怒和过分的感激，两种情绪时常错杂伴起。我们相信韩信的"一饭之恩，终身不忘"，和哈姆生所说的"看见路人个个是仇人"两种心理可以并行不悖。文艺是现实生活的感受。鲁迅先生说："对于人生的经验，别的且不说；肚子饿这件事，要是欢喜，便可以试试看，只要两天不吃饭，饭的香味便会起一个特别的诱惑。"对于"肚子饿"这最低限度的生活经验都没有的人，似乎染笔文艺，还嫌太早一点；虽说"肚子饿"并不"风雅"，"闲适"。

【选自曹聚仁著《文笔散策》商务印书馆一九三六年版】

# 阿 Q 的父亲

　　一年以前，蚂蚁社曾经找我演讲过一次，那天集会的地点在托漕河泾黄家花园，结果没有讲，因为赵太爷只许游览，不许集会。今天算是来践那一回的旧约，来谈谈"阿 Q 的父亲"。

　　关于阿 Q 的家世，《阿 Q 正传》的作者鲁迅先生语焉不详。他只在序文上说："有历史癖与考据癖的胡适之先生的门人们，将来或者能够寻出许多新端绪来。"我今天并不是有什么新的端绪寻出来；我生来并没有那两种癖，又不是胡适之先生的门人，冒充博雅似乎可以不必的。然而要用这题目来讲演者，还是从黄家花园那天的感想而来。阿 Q 兄之为人，我们的确很熟悉：看见了赵太爷的客厅，更可以了解阿 Q 兄的生活。考古家看见猿人的一颗牙齿，可以想象猿人的生活状况；我们熟知阿 Q 兄的性格，再推测他的老太爷是怎样怎样的一种人，也不算是空中楼阁吧。

　　鲁迅先生说他的作品中的人物，"往往嘴在浙江，脸在北京，衣服在山西，是一个拼凑起来的角色"。阿Q兄的嘴脸，苏雪林先生曾经从《阿Q正传》替他勾取出来：

第一是卑怯。阿Q最喜与人吵嘴打架，但必估量对手，口讷的他便骂，气力小的他便打。"遇见强者不敢反抗，便以中席这些话来以自慰；倘他有了权力，别人奈何他不得时，则凶残横恣，宛然如一暴君，做事并不中庸。"

第二是精神胜利法。阿Q与人家打架吃亏时，心里就想道："我总算被儿子打了；现在世界真不像样，儿子居然打起老子来了。"于是他也心满意足，俨如得胜地回去了。

第三是善于投机。阿Q本来痛恨革命。等到辛亥革命大潮流震荡到未庄，阿Q看得眼热，也做起革命党来了。但假洋鬼子不许他革命时，他就想到衙门里去告假洋鬼子谋反，好使假洋鬼子满门抄斩。

第四是夸大狂与自尊癖。阿Q所见极卑微的人物，而未庄人全不在他眼里，甚至赵太爷的儿子进了学，阿Q在精神上也不表示尊崇，以为我的儿子将比他阔得多。(见《〈阿Q正传〉及鲁迅创作的艺术》)

所以阿Q兄的别号，当他在野时叫作"顺民"，得意了就雅称"奴才"，到洋场里来就叫作"仆欧"，有时也尊称为"买办"。这样一位精神胜利的大人物，的确是出于名门华族。他是北宋以来中华民族的儿子。我今天就讲讲这个。

清朝臣子对皇帝跪拜伏服，自称奴才（其实汉人做臣子的，不仅是奴才，还是奴才的奴才）。有一位据说是富有蛮子气的学者——辜鸿铭，他曾用学理证明天生膝踝是为着跪称奴才的；但历史告诉我们，古代的臣子并不跪对，也不自称奴才的。贾谊和汉文帝坐而论道，说到称心惬意的地方，汉文帝还前席以听。自从赵匡胤做了皇帝以后，把坐而论道的老法子改变了：皇帝坐而听政，臣子只能立而对答。直到朱元璋救了皇帝，又重新改定规章，臣子朝见，要跪在金銮殿上对答。唐宋以前，昏暴的皇帝严刑竣法，杀戮忠良的事，历史上本来很多。但为人君的总以士大夫的廉耻为重，决不肯侮辱人臣的人格的（士可杀不可辱）；明主礼贤下士，更不必说。从明朝起，开廷杖之风，一言不合，皇帝就叫左右的把朝臣拖下去打屁股，士大夫的颜面剥夺无余了。明正德以后，廷杖至死，竟是家常便饭。因此读书人不敢留一点刚正的骨气，大家都到严嵩、刘瑾、魏忠贤门下去做干儿义子。一个读书人，如阮大铖那样大作家，都肯拜权势的太监做干老子，那对皇上自称奴才，当然很是心安理得的了。清初有一七十多岁的耄年大臣，跪了半天，神志便昏了；太监就大声叱骂他，还准备用杖打他，一品当朝的大臣，也只好忍耐下去。由"坐论"进而"立对"，由"立对"进而"跪陈"，又由"跪陈"、"受廷杖"进而"自称奴才"，这可惊的进步，乃是奴才学上一件大事。

以上所说的是奴才教程中的特殊训练；还有奴才的一般训练，比特殊训练更重要更普遍。科举制度始自唐代，唐太宗看见新科秀才的得意忘形，他已觉得"天下英雄尽入吾彀中"的痛快。北宋以后，科举制度渐渐完密起来，程伊川就知道这制度的可怕。他说："科举之学，不患妨功，惟患夺志耳。"果然，自从明代以四书文取士以后，士大夫的志气一天一天被聪明的皇帝所侵蚀，大家都变成不讲气节不知廉耻的奴才。大家请看一看艾南英的《应试文·自序》，他说：他既不甘以白衣穷书生终老，只好到科场里去受磨折；应考的时候，受搜检，受申斥，囚首垢面，夜露昼曝，暑喝风沙，简直连囚犯都不如。这种不可告自己妻孥的丑勾当，为了要升官，大家都忍着气来钻。读书人前半生在这个圈子里打旋，弄得昏天黑地，早不知自己还要有什么人格。后半生患得患失，在利禄场中往来，更不讲什么道义了！明清二代的读书人，无论是讲理学的，科举出身的，或是诗酒风流的，都是训练有素的奴才坯，让康熙帝落一句"蛮子哪有一个好人"的丑评！

对外族自称顺民，自南宋起。宋高宗对内算是皇帝，其实只能算是金国的臣子。他对金国称臣表云："臣构既蒙恩造，许备藩方，世世子孙，谨守臣节。有渝此盟，明神是殛，坠命亡氏，踣其国家。"皇帝对外族称臣，老百姓对外族称顺民，那还待说吗？不过顺民也有等第，在元代，凡辽金时的老牌顺民叫作汉人，后来蒙古大兵略定江南时，归顺的叫作南人。政治上重要职位以及重要权利，蒙古人色目人可以自己享受；汉人就低一级，经过蒙古人恩许的可以享受，南人就绝对没有享受的机会。要说南人在元代百年中有过什么好处，只有元兵征日本被俘时，蒙古人汉人都要被杀，南人可保存性命，但又不免为海外的终身奴隶。元代那一百年的训练，很有效果的：明代倭寇横行沿海时，倭寇上岸，沿街挨户都挂顺民旗子；妻女玉帛，都让倭人自由掠取。这都是顺民训练的成绩。顺民旗在清代的效用更大。英兵攻破宁波时，英法联军入北京时，甲午战败，东三省被占时，到处都可以看见顺民旗的飞扬。庚子拳乱那一回，津平一带，各式各样的顺民旗都有：有自称大英国顺民的，有自称大美国顺民的，有自称大俄国顺民的，更可见六百年的顺民训练，成绩着实不错了。李鸿章和伊藤博文在马关磋商条约，伊藤博文说："我军到了奉天，觉得汉人容易治得很。"你看伊藤博文都赞美我们中国的顺民了呢！

在上有奴才训练，在下有顺民训练；"奴才"加"顺民"，这就是我们阿 Q 兄的灵魂！朋友，我告诉你：阿 Q 兄的老太爷，他的大名，叫作"东方的传统精神"。

【选自曹聚仁著《文笔散策》商务印书馆一九三六年版】

# 程克猷的天才

## ——在开明中学的讲演

**诸位同学：**

我记得十五年前，第一次下杭州读书，就听到康有为在第一师范的讲演，听的人很多。他所讲的全都是关于他自己小时候如何聪明，如何一目十行的故事，他那样起劲地讲，我们也就莫名其妙地听。那时真还是小孩子。以后年纪渐渐大起来，知道那是一种夸大狂——吹牛。那样在讲台上公开吹牛，并不是顶好的手法。在上海有所谓艺术家的，留了长头发，乱披在肩上，当作懂艺术的标记。于是有人也留了长头发，让人把他当作艺术家。又有甲乙丙结成一群，让甲向人去说乙丙是怎样了不得的文学家，乙丙也照祥说"甲丙""甲乙"是怎样了不得的文学家，这样转个弯让信风把甲乙丙一齐吹到成名的湾港，手法就比较高明一点了。我今天的讲演题，并没经过你们校长的同意，如黑板上所写的：《程克猷的天才》。可是我并没半点想拍马的意味，可也不是玩转弯吹牛的手法，并不希望程先生到别处去讲演《曹聚仁的天才》。

在社交场中，大概爱把一项什么"家"的帽子带在别人头上，自然也希望别人回敬一顶。程克猷先生一向教国文，不妨称之为文学家；他现在做你们的校长，又不妨说是"教育家"，可是他是十足市秤的雕刻家，并没人知道他；你们也不见他留长了头发，乱披在肩上，看起来不像一个艺术家。前几年，犹太富商哈同死了，要找人雕塑一具铜像。哈同有的是钱，只要雕塑得好，钱是不在乎的。这一注好买卖，上海那些大艺术家都打过主意，有的开价二十万元，有的开价十六万元，结果程克猷先生和他的哥哥程铿以二万元的代价成交这注买卖。这并不是程先生兄弟定价低廉才会成交，是程先生兄弟所雕塑的样品，把其余的样品压倒了；要知哈同夫人的眼里，二万和十六万、二十万并不等于铜板和角子的距离。现在那铜像塑在哈同花园里。只要在哈同花园服务过的，无不为之神往，有些佣人，简直慑于神情，不知不觉地跪了下去，由此可以想见那铜像是如何的神似了。所以我说程克猷先生是雕刻家，比说他是文学家、教育家货真价实得多了，但若没有这机会让他表现他的天才，谁知道他是个雕刻家呢？

不过，我今天也无意于替程先生兜生意，虽

说在座诸君也许将来有塑铜像的资格或本钱，这样早发预约券也是徒然的。我所感叹的：社会为什么不独不容许天才有发展的机会，反而在各种情形之下，把天才埋没掉呢？程克猷先生就是被社会埋没掉的一个。俄国文学家中，大家无不知有契诃夫（Chekhov）其人的，他自幼爱音乐和图画，一心想做一个艺术家，他的家庭不允许他。他只得去学医科做医生才糊口，直到后来，才以小说戏曲显露他的天才。在影戏明星中，卓别林以杰出的天才惊动了全世界，但他在英国时是非常潦倒的；那么一个穷小子，谁曾把他放在眼里呢？据我推想：世界上像契诃夫、卓别林那样有天才的，不知有多多少少，能够有机会让他们表现出来的，只有那么少数的人，其余全部被埋没掉了。程克猷先生，假使有一副本钱，让他到欧洲大陆去吃几年面包，呼吸一点法、意的艺术空气，那些艺术大师，真算得什么！然而他只能做你们的校长，吃吃粉笔条，做做猢狲王，让人家去吹什么文艺复兴了。我说到这里，不禁要问一句：这究竟还是我们的过错？还是社会的过错？

说到"天才"，从前有一种说法，古来史家对于"圣人""英雄"，常有近于神话的记载，譬如《史记》载汉高祖是龙种，说刘邦的母亲息于大泽之坡，梦与神遇。其父太公往视，见交龙于其上，我相信那完全是史家的造谣。二十四史中，这类谣言很多。现今各种报纸，记载伟人的轶事，说他们幼年怎样了不得，几乎吃饭撒屎，也与众不同，正是史家造谣的老把戏。我现在所说的"天才"，并不指这类"天纵之子"而言。又有人以记忆力强弱来分判天才庸才的，塾师所说的天才，大概是指记忆力很强的孩子，可是记忆力强的人并不一定是有见解的人。有时记忆力过强，判断力反而非常薄弱。有时不识一字的人，记忆力反而有惊人的强度。我的戚族中，有一位老妪，能顺序按日记牢百项以上大小账目，记忆力可说强极，可是她在别的方面，全无什么成就。记忆力只能算作天才的一部分，以记忆力来判别天才庸才，也是错误的。

我所谓"天才"，是指组织自己思想的能力而言，这里面包括"记忆""理解""悟解"三种。有天才的人，就是能把自己的思想组织成为井然的系统，用各种方式表现出来。照理说，自己组织自己的思想系统，自己表现自己的天才很可以自由自在的，可是事实上并不这样。平日我们读书受教育，都是复习别人的思想过程，我们父师给我们种种道德训条或刻板知识，他们都希望我们承认社会的既成道德，模仿别人的思想过程；可是我们自己的环境和古人的环境不相同，我们呼吸的空气和父师呼吸的空气不相同，我们要组织自己思想系统，就不能满意那些社会上的既成道德，也不愿意模仿别人的思想过程，我们就不免要考虑，要怀疑。"天才"刚抬起头来，就在父师的石壁上碰了钉子。唐朝有一大史家——刘知几，他幼年时读《汉书》，觉得班孟坚立古今人表，于例不合。他的父兄怪他："孺子何知，轻议前哲?"后来，他看了张衡的集子，才知道古人早已那么批评过。假使刘知几信了父兄的话，从此不再"轻议前哲"，他就不能成为大史家了。所谓社会上的舆论，更是天才的大敌，舆论好同而恶异，只要对于传统思想表示小小的异议，严苛的刑罚就到身上来了。哥白尼的地动说，达尔文的进化论，我们现在都承认为学术思想上无比的大贡献，在当时不知道经历了多少苦难，才在唾沫、嘲笑、排击之下伸出头来；只要稍微缺少一点勇气，"天才"的苗便萎折掉了。更可怪的，我们自己有时也成岁自己天才的伤害人，即如当代这些"诗歌""小说"作家，刚蒋笔写作那几年，做得非常努力，成绩十分得好，一下子他们成名了，便永远没有进步。做了十年文学家，依旧和刚写作时一样幼稚粗拙。他们并不是没有天才，天才给"名"和"利"压死了。所以天才的发展，如唐僧往西天取经，中间要周历九九八十一重磨难，方能脱骨换胎，成仙成佛，我时常听到一些人叹息中国目今天才的缺乏，我却不禁叹息中国社会摧残天才手段的狠毒。诸位同学，我们应该有一种觉悟：一方面要改造社会，养成宽容风气，使天才在适当环境中发展起来。一方面要认识自己的天才，养成百折不挠的精神，从家庭社会的压迫中表现出成绩来！

最后一句话：让程克猷先生做你们的校长，不让他做一个中国雕刻家，这是中国美术界的大损失！

【选自曹聚仁著《文笔散策》商务印书馆一九三六年版】

# 谈魏晋间文人生活

从汉灵帝中平元年（黄巾乱起）到东晋恭帝元熙元年（晋亡），这二百年间，死个把人，本来算不得什么一回事的。汉桓帝时，已经"京师廨舍死者相枕，郡县阡陌，处处有之"。到了东晋初年，"中原萧条，千里无烟；饥寒流陨，相继沟壑"。"鄢陵旧五六万户，今裁有数百"。这是怎样一个大修罗场！但史家好像不十分关心这些人的死活，只有几个文人的死，倒大书特书给后人以很深刻的印象。文人给当局开刀，自黄祖杀祢正平始，曹操跟着也把那个多嘴的孔融杀掉了，曹丕又杀了许多文人，要不是看同胞手足之情，连曹植也几乎不能免（其实同胞手足，在曹丕也不十分管，任城王就给曹丕弄死的）。三国末年，那几个大名士，司马懿杀了两个——夏侯玄和何晏，司马昭也杀了一个——嵇康，他们的罪状大致是相同的，不孝。可是臧荣绪在《晋书·阮籍传》上说："属魏晋之际，天下多故，名士少有全者。籍由是不与世事，遂酣饮为常。……钟会数以时事问之，欲因其可否而致之罪，皆以酣醉获免。"这倒是真话，我们都知道曹操、曹丕、司马懿、司马昭，他们自己也并不是忠臣孝子；以"不孝"杀那些名士，不过是个托词。

有人问：曹操、司马懿，为什么一定要把文人来开刀呢？我得先找几件外国的故事来谈谈：希腊那么一个标榜自由的民族，为什么容不得苏格拉底那个大哲人多活几年呢？苏格拉底死的时候，已经七十一岁，迟早就要死的了，希腊人就那么性急非赶紧解决这个人不可。苏格拉底原没有什么大罪过，只是逢人诘问，引起青年们对于现状的怀疑，使希腊人不再醉生梦死下去。所以控诉他的那三个人，梅利多斯（Meletus）等，说他"否认国家所承认的神们，另外唱道新神，使雅典青年腐败"。这是一件事。还有一件事，法国大革命时候的人物，我们中国人最熟知的有一位罗兰夫人。她临死时候，对着自由神的石像说："自由呀！自由呀！世人不知借你的美名，犯了多少罪恶！"她的丈夫听到她被杀的消息，也当天自杀了。身边留一小纸条，说："但愿通国厌弃这种残杀无辜的罪恶，回过头来，发现真正人道罢！"她们夫妇俩都有欢喜教训别人的脾气，至死不悟！魏晋间文人，大概也害了这种多嘴的毛病的，什么事都要说出一番长长短短的道理，甚至有对黄巾去诵《孝经》的："秀才遇着兵，有理说不清"。谁耐烦听你的噜苏呢？我们读嵇康写给山巨源的信，就觉得可笑：什么"七不堪"，什么"二不可"，无非惹人头痛，因而送上断头台。这种毛病，连所谓田园诗人陶渊明都不能免（诸如《杂诗》《拟古》《读山海经》诸篇，字里行间，都有愤激不平之气存在着），更无论其他文人了。文人不得善终，在某种情形下，也可说是命定的！

他们躲避这现实的方法，我们看来颇有点幽默。在他们之间，时兴三部古书，《老子》《庄子》和《周易》。《老子》《庄子》都是教人回到混噩无是非无差别的境界去的，"未尝先人，而尝随人；人皆取实，已独取虚；人皆求福，已独曲全"。如不知人心如镜，一到虚静境界，什么隐秘，更看得清清楚楚；反不如在势利场中鬼混，真能昏天黑地，不见天日。这样，他们想在老庄哲学中找到安身立命的隐蔽处，结果，更把是非看得分明，更不能安身立命。他们第二种躲避现实的方法是"饮酒"，司马昭要替司马师求婚于阮籍，阮籍一醉六十日，使来使无从开口。以酒醉来躲避，只有这一次是有实效的。后来司马炎让九锡，公卿大夫要一力劝进；那篇劝进文，奉命非要阮籍动笔不可。阮籍也想借酒醉来躲避，毕竟不可能；只得就案写成，让来使抄了去。大概嵇康也不大赞成阮籍的办法，所以说："阮嗣宗，唯饮酒过差耳；至为礼法之士所绳，疾之如仇……"因为如嵇康那样性格的人，喝醉了酒，方会静默下去；阮嗣宗本是"与物无伤"的，酒后反常，会惹些是非也未可知呢！第三种躲避现实的方法，是入山修道，学做神仙。可是修道愈有工夫，说起话来愈是刻毒。那位隐在苏门山的孙登，老实不客气，就说嵇康"才多识寡，不得善终"；好在嵇康并不是得君行道的人，否则孙登自己也就要不得善终了。魏晋文人种种自己麻醉自己躲避的方法，都不见实效，只能如鸵鸟一样，把头钻在树林里，当作自己已经躲起来了，让猎人捉了拿去宰割。

东晋以后，佛家的思想传播过来了，释迦的教义代替了老庄的教义。第一等聪明人，大都出家做和尚去；在另外一个世界里有大法事可做，不必和现实混在一起，才是真正的躲避起来。并且在另外一个世界，对于人间世的种切，都有从头来过的公平正直的总算账，那一切愤愤不平之气，自然而然地沉寂下去。所以要躲避现实，单靠自己麻醉是难得见效的，最要紧的要如佛家一样能有另一乾坤可去，不过天堂、灵魂、来世等等，在现在，已经给科学打得粉碎了。我们要构成另一世界，却不十分容易呢！

【选自曹聚仁著《文笔散策》商务印书馆一九三六年版】

# "盛世危言"

　　清朝末年，浙江山阴人汤寿潜曾经刊过《盛世危言》这样一部书。我读那书时，年纪还很轻，现在想来，印象很模糊，前年，看见一本由广州寄来的《盛世危言》一类的东西。其中担心亡国灭种的大祸就要到来，叫国人早日警惕，早日奋发，一番有心人的话头。国人里面，这般担惊害怕的人未始没有，如黄遵宪（公度）就在甲午战役以后写过这样的诗：一自珠崖弃，纷纷各效尤。瓜分唯客听，薪尽向予求。秦楚纵横日，幽燕十六州。未闻南北海，处处扼咽喉！弱肉供强食，人人虎口危。无边画瓯脱，有地尽华离。争闻三分鼎，横张十字旗。波兰与天竺，后患更谁知？

　　时间过了几十年，灭种的大痛固不曾尝到过；亡国在预料中，也不一定有什么大苦难，一般人还是可以熙熙攘攘过快乐的日子的。"盛世危言"一种的说法，有人也就以为如"彗星尾巴扫到地球，地球将要毁灭"那样的预言，当作海外奇谈那样"姑妄听之"就够了。

西汉文帝时，有一位得文帝宠爱的书生——贾谊，他有所陈对，文帝还前席以听，但是贾生陈情对策，总是痛哭流涕长太息；以文帝那样圣明之君，而贾生痛哭流涕长太息以言，才是道地的盛世危言。贾生自己仿佛十分不得志似的，过汨罗为文吊屈原，后来哀伤短命以终，若以比之另一位痛哭流涕长太息的书生——晁错，因为帮皇帝去剪除宗室，惹起七国连兵的大祸，自己做了清君侧那口号的牺牲品，贾生的危言，可说幸运多了。唯盛世方可以危言，有文帝那样圣明之君，贾生的痛哭流涕长太息才不至触忌讳；明哲所以保身，圣人给我们说了一个聪明的办法。东汉末年，党锢之禁，先后二十余年，士大夫被杀戮囚禁的以千百计。后来中常侍吕疆告诉汉灵帝，说："党锢久积，人情多怨，若久不赦宥，轻与张角合谋，为变滋大，悔之无及。"灵帝怕了起来，才解除党禁。不久黄巾乱起，东汉也就终结了。那时候有一位书生——仲长统，每回谈论时俗，必发愤叹息。他所著的那部《昌言》，斥责"君臣宣淫，上下同恶"的政局，攻击"连栋数百，膏田满野"的豪族，言下已断定汉运之将终。这也是贾生痛哭流涕长太息式的危言，其遭时忌，自在意中；可是他自己的态度却非常消极，只要过"居有良田广宅，背山临流，沟池环匝，竹木周布，场圃筑前，果园树后，舟车足以代步涉之难，使命足以息四体之役，养亲有兼珍之膳，妻孥无苦身之劳；良朋莅止，则陈酒肴以娱之，嘉时吉日，则烹羔豚以奉之"的退隐生活，就够满意，所以虽"昌言"一番，还没有什么大挂碍的。

写到这里，我又想起另一种"盛世危言"来。明清之交，东南大儒黄宗羲写过一本《明夷待访录》，现存的只有薄薄的一本。依我们推测，原书至少要比现存的要多四五倍；这些不见了的，都是经过清初那些圣明之主康熙、雍正、乾隆删削掉的；稽古右文的十全皇帝，给《明夷待访录》来一套凌迟大刑。黄宗羲的意下，以为箕子陈《洪范》，武王洗耳恭听。他的《待访录》总有一天可见天日，哪料后世的武王，却要叫孔子删诗书，把《洪范》篇割裂得不成样儿的，所以危言只能说得空泛一点，要说得切实如《明夷待访录》那样，只好照太史公所说藏之名山传之其人的办法了。

有人说：韩非子的《亡征》，不是更切实的"盛世危言"吗？韩非子列举四十七种可亡的征象（亡征者，非曰必亡，言其可亡也），其中有最切要的几种说："群臣为学，门子好辩，商贾外积，小民内困者可亡也。用时日，事鬼神，信卜筮而好祭祀者可亡也，喜淫辞而不周于法，好辩说而不求其用，滥于文丽而不顾其功者可亡也。恃交援而简近邻，怙强大之救而侮所迫之国者可亡也。好以智矫法，时以行杂公，法禁变易，号令数下者可亡也。出军命将太重，边地任守太尊，专制擅命，径为而无所请者可亡也。见大利而不趋，闻祸端而不备，浅薄于争守之事，而务以仁义自饰者可亡也。"后来韩国果以此亡了国，其他楚、齐、燕、赵也以此亡了国，韩非子的言，皆不幸而言中。屈原自沉汨罗以前，还可写一篇长的九篇短的痛快发牢骚的文章，而韩非子所列举四十七种亡征，可以全部保存到如今。假若生当稽古右文的十全皇帝时代，韩非子能免于《明夷待访录》的遭遇吗？

以上说的都是古老的故实。

【选自曹聚仁著《文笔散策》商务印书馆一九三六年版】

# 无经可读

"读经"的话，我听得很多了。依我这个从国故圈子里出来的人看来，问题还不在青年该不该读经，而在有什么经可以读。五经、九经、十三经，我差不多都读过了；西汉今文家的微言大义，东汉古文家的训诂，以及唐人的注疏，宋人的义理，清人的考证，我看得也不算少了，我的结论是四个大字——无经可读。

先从《易经》说起。《周易》是战国末年阴阳五行家所附会的卜筮之书，和文王、周公、孔子绝对没有关系，画卦重卦之说，都是前人的谣言，这差不多可以下全称肯定的结论了。汉人阴阳家化的《易纬》，魏晋间老庄化的王弼注，神仙家化的《参同契》，宋以后道士化的《先天图》，理学化的伊川《易传》，谁的话都是主观的臆造的，没有一种是可靠的。近年来容肇祖、李镜池的研究，方是《周易》研究的正轨，但三五十年内绝无完善的《易经》可读，谁都明白的，所以我们不能叫青年读《易经》。

其次说到《尚书》。《尚书》五十八篇中，有二十五篇是魏晋人伪造的；这件公案，早经三百年前学者阎若璩考成定案了；而坊间的《尚书》，还是用真伪杂揉的蔡沈《集传》，冬烘先生捧着这样固陋的《集传》来当读本，其不能理解《尚书》，可以推想面知。可是清人的研究，还只长于真伪的剖辨，文句的校勘，训诂的考订，其于整理古史，还差得很远。自安阳龟甲出土，古史面目焕然一新，王国维、罗振玉的研究，已非阎若璩、孙星衍、魏源所能梦见，近年顾颉刚、李济的研究，更非清代学者所能及。百年后的《尚书》，一定可以淘汰汉、宋、明、清一切《尚书》的注疏考证，我们研究古史的都可以这样断言。可见目前（在古史整理未完善以前），叫青年去读《尚书》，只是白糟蹋了青年的精神和时间。说到《诗经》吗？毛郑的笺注简直要不得，朱熹的《集传》也一样的要不得。清代学者考证注释的功夫做得很多了，如陈奂的《毛诗传疏》，可说十分完备。若以文学的眼光来看《诗经》，则他们的工作仍是徒劳的。青年要读《诗经》，一定用不着那些笺注；而以文学的眼光来整理《诗经》，现在还没人做过，我们怎可把《诗经》全部介绍给青年。

《春秋》的纠纷是很多的。古文家要大家去读《左传》，今文家要大家去读《公羊》，大家争辩得口干唇焦，青年还是瞠目不解所以。目前我们所知道的，《春秋》是一部鲁国的断烂朝报，和孔子全无关系。《左传》是刘歆采取《国语》中的史事，依着年月编排出来的古代编年史，和《春秋》也无连带关系。我们既不必把那本流水古账（《春秋》）介绍给青年，而给治古史有兴趣的人介绍那部《左传》，也与读经无关。读《左传》只能算是读史，不是读经。

《礼经》在今文家古文家的眼里，又是一个大纠纷。今文家把《仪礼》看得那样重要，说《周礼》是伪书；而古文家奉《周礼》为至宝，目今文家为固陋。其实今古文家的说《礼》解《礼》，那是空泛不经的。依民族学、风俗学、社会学来整理《礼经》，如江绍原、周作人、顾颉刚所做的，还仅是开端，离完成还远得很呢。连第一流大学者对于《礼经》都没有读过的把握，叫青年去读《礼经》，岂非荒天下之大唐？此外《孝经》是西汉人所伪造的假书，杂乱无章，开端就说错；不独与孔子无关，即与儒家亦无关。那么芜杂的书，我们决不愿意青年们去读。又如《尔雅》，是一部汉人的训诂汇集，本非经书，备研究古书的人检查之用则可，怎好叫青年拿来诵读？又如《论语》《孟子》是儒家谈论人生问题政治问题的记录，把它们放在哲学史政治思想史上自有其价值，但我们怎能勉强青年都去研究哲学和政治？我们怎能把《论语》《孟子》强青年们去诵读呢？

我们要请教提倡读经的人们的有三项：

一、你读过经书吗？你看过《清经解》《续清经解》吗？你能分别古文家今文家宋学家汉学家的异同吗？

二、你做过考证功夫吗？你懂得理学家的把戏吗？你懂得阴阳五行的基本理论吗？

三、你研究过甲骨文字吗？你知道近三十年来古史研究的进步吗？你知道五经那名词根本不能成立吗？

假使你不能给我一个正确的答复，你就不配提倡读经！你自己既莫名其妙，还是免开尊口，不要贻误青年！

【选自曹聚仁著《文笔散策》商务印书馆一九三六年版】

# 劝世人莫读古书文

朋友们，我一生一世，别的没有什么吃亏，吃亏自幼读了几句古书，永远在脑壳里作怪，我要进一步，死鬼就拖我退后十步，不稂不莠这样没出息，想起来好不痛心！诸位要当心隔壁胡子伯伯想害人，他自己吃了古书亏，像我一样没出息，还日思夜想，想找几位做他的替死鬼呢！诸位总听过河水鬼讨替的故事罢，胡子伯伯嘴里说得甜蜜蜜，年轻朋友，人人要当心！

第一，要劝列位莫要读五经。《尚书》五十九篇，其中一半是假的，还有一半是从前帝王的告示，宣言，通电，不读不看有什么要紧？《易经》是一本求签簿，上上下下吉凶悔吝，和我们半点也没有关系，为什么怕鬼念心经？《礼经》说来更可笑，今文家把礼仪当宝贝，古文家把《周礼》当圣经，经学大师自己还没弄分明。还有那部《春秋》最可笑，一本破烂流水账，孔老夫子做梦也没看见过，孟老夫子硬派它定褒贬诛乱臣，可笑那康有为拿《公羊传》来变戏法，章太炎把《左传》祭起定妖魔，一场混战闹不清。本来还有一部《诗经》载民歌，男男女女说私情；只因为《大序》《小序》把邪呀正呀说了一大套，再加郑笺朱传，把一部好书越闹越糊涂，看注不如看白文。朋友呀！我们年纪都很轻，不读五经不要紧！

第二，要劝列位莫要读四书。四书自从南宋流行起。那一套明心见性的把戏，够你一生一世打筋斗了。宋人的道理，都从佛经那边偷过来，穿上一件儒家衣衫，像煞一位新圣人；抓住狐狸尾巴看一看，还是那么一个老妖精。《大学》《中庸》本来只是《礼记》里面两篇短文章，宋人自程子以后，你一定本，我一定本，都说是圣人本意；孔子不复生，只好由他们胡闹了。清朝乾隆年间，有一位孩童问得好："程子生在一千年以后，怎么知道孔子之道曾子述之呢？"问得那老师哑口无言。那孩子便是后来的戴东原，他一生读书真细心。宋人要把《大学》《中庸》当作方法论，列位不玩哲学的把戏，读它做什么呢？《论语》味道本来比较好，可是列位还年轻，三十四十去读不算迟。列位如若不信我的话，孔圣人说："水哉水哉！"究竟何取于水呢？《孟子》，那更不必读，大学专科研究政治学社会学，再把《墨子》《荀子》《韩非》对照着读，才有眉目门路呢！朋友呀！我们年纪都很轻，不读四书不要紧！

　　第三，要劝列位莫要读古文。古文作文，大半为死人。韩退之受金誉墓不必说，一部《古文辞类纂》，碑、志、铭、赞、传、状、诔……满纸鬼气阴森森。古代文人大半都是书痴子，咬文嚼字花样固然多，人情世故民生经济全不懂；翰林学士赶人问四川近海不近海，堂堂御史说缅甸、安南在日本之北，南北联合打日本，唐宋八大家文章，这样笑话，多得很多得很！你看韩退之《送孟东野序》，多少冬烘先生摇头摆尾哼个不休。我请问，上面说"凡物不得其平则鸣"，下面"天将和其声而使鸣圈家之盛"，这一段作何交待？这样前后矛盾的文章，至少该打十下重手心；居然千人万人都朗诵，你看旧文人看文章有没有眼睛！朋友呀！我们年纪都很轻，不读古文不要紧！

　　第四，要劝列位莫读正史。正史都是帝皇相斫书，一家一族的兴亡，干我们什么鸟事！要知道本朝天子总是圣明比尧舜，史官瞒这瞒那骗后人。还有权臣可用势力来压迫，颠倒黑白是常情，还有金钱可贿改，富贵子孙把祖宗罪过改换过，十件史事哪有一件真？而且不懂统计学，不懂社会学，不懂经济学，怎看得清社会变动的前因与后果？没有社会科学做根基，读正史正如在大海上没有指南针，怎能辨清方向呢！朋友呀！我们年纪都很轻，不读正史不要紧！

第五，要劝列位莫要看古书。诸子百家的书，错简错字脱句脱节，不知有多少；要等专门学者整理个五十年百年，才有头绪可得，要等地下的古物出来，才有正确的意义可讲；等我们的孙子出世，恰好是时候。后世千千万万的文集，正如一千种一万种杂志，沙里淘金，未始没有一二处好的，也得等待图书馆专员把那些子目做起索引来，才有线索可寻；我们目前饭都吃不饱，活都活不成，哪有闲工夫想这些烂东西！朋友呀！我们要爱惜我们自己的精神，不看古书不要紧！

第六，要劝列位莫要尊古人。古人的世界好比螺丝壳，泰山虽高，怎及得喜马拉亚山？渤海虽广，怎及得太平洋？古人的眼光好比菜油灯，"声是无常"，我们居然映电影（有声电影），雷公菩萨，我们请他运东西。古人的知识好比刘姥姥，释迦牟尼看不见电子世界，孔老夫子想不到太阳以外还有大恒星。从来说"子能跨灶"，"青出于蓝"，"学生好过先生"。我们若真相信事事不如古人，一代不如一代，你想想：胎生变卵生，爬行变两栖，一代代退化下去，全人类都变成阿米巴，请问孔老夫子坐在大成殿上吃起冷猪肉来有什么趣味？朋友们，我们要相信我们自己的能力，不尊古人不要紧!

　　最后，要请列位听分明：古书好比鸦片烟，吃了鸦片，一半像鬼半像人；古书好比花柳病，惹了细菌，子子孙孙毒满身；我们活人要走活人路，何苦替死鬼僵尸劳精神！列位呀！我这样苦心劝世说真话，若是胡子伯伯还要横着面孔来生气，唉！那才是"勿识好人心，狗咬吕洞宾"！

　　【选自曹聚仁著《文笔散策》商务印书馆一九三六年版】

# 孔子诞辰杂感

　　法朗士（Anatole France）说得好："人生而为伟大的人物，实为大不幸事；他们生前备受苦痛，及其死后，又硬被别人作弄，变成与其自身毫不相关的方式。"我们中国的圣人——孔子，他就是这样不幸的伟人之一：生前倒霉了一辈子，死后更倒霉，给这类人那类人当作这样那样的傀儡。

　　孔子的晦气，自世人硬派他做圣人起。孔子自己的理想成就是要做"君子"，他知道世上必无完人其物，生而知之的圣人决不会在世上出现。君子是有情感有理智的常人；人格逐渐陶冶，可以达到珠圆玉润的地步，做一个言行一致的常人。孔子生前所以到处碰壁，就因为他要保持人格的完整，要言行一致的缘故。他死了以后，种种样式的修正派都出来了，孟子就是一个假托孔子来传食于诸侯的大政客。他特地把孔子的地位，捧得很好，替孔子造了许多谣言：说孔子作《春秋》而乱臣贼子惧，说孔子圣之时者也，说孔子集大成。从此以后，大家都效法孟子，凡是自己有什么主张，就不妨托之于孔子，叫孔子去当灾。

西汉初年，董仲舒、公孙弘那几位滑头政客，他们知道君王相信阴阳五行灾祸之说，就叫孔子穿起八卦衣来，说孔子作《春秋》，全是为汉制法，其中有许多微言大义。这套鬼话，清朝末年，康有为还用过一次，隋唐以后，孔子变成了章句的腐儒，好像孔子就是三家村的老学究。到了宋代，孔子又变成明心见性，天天在蒲团打坐过日子的野和尚了。时代一转变，孔子就有一番不同的打扮；真的孔子的人格，被这些打扮着的外套所遮蔽，简直看不明白了。我们在孔子诞辰，第一个感想，就觉得他被打扮得太可笑；当大家在那里尊崇他为大成至圣先师的时候，又觉得孔子人格被侮辱得可怜；而自命尊孔的人，就是侮辱孔子埋没孔子人格的人，我们又觉得他们的可恶。

现在要真正来纪念孔子，唯有替他脱下袈裟，除去外套，替他洗涤后人涂上去的香料油胶，还他一个适体轻快，才对得起这个千百年前博学的君子。若再替他打扮另一个样式，既诬陷古人的人格，又阻碍活人的进路，孔子有知，必在曲阜地下抱头痛哭呢！

我曾经细细读过《论语》，我也深深知道孔子之为人；《论语》里的孔子，真是非常可爱的，他老人家仆仆风尘，世态炎凉，看得很够了。假使他活在现在，我可以担保，凡是尊敬他奉他为偶像的人，一定叫门房挡阻他进门，不许他开口。而他呢，也一定不愿意和那些人往来，在那些阔人门下低头；他宁愿惶惶如丧家之犬，不愿意伺候阔人的颜色，宁愿接淅而行，不愿意同流合污。这样的性情，在什么社会，能够容身得住呢？

他老人家最爱有真性情的人，换一面看，他最憎恶虚伪装假的人：也憎恶微生高的乞醯于邻，憎恨"其父攘羊，其予证之"的直躬者，憎恶无恶不作而高谈仁义的伪君子。所以说"巧言令色足恭，左丘明耻之，丘亦耻之"。我们趁大家纪念孔子的当儿，请大家自己反省一下：你是他老人家所爱的人，还是他老人家所憎恶的人呢？你对他老人家叩头，他老人家还是厌恶，还是欢喜呢？你自己想想，真的不会脸红，那就对得起你自己，也就对得起他老人家了。

他老人家是一个"取人为善，与人为善"最能宽容的人，他说："道并行而不相悖，万物并育而不相容。"他是一个哲人，他知道思想是各方面的；要限制别人的思想，不许别人用脑子，或自己不用脑子，让别人穿着鼻子走，都是人群的败类，所以说："毋意，毋必，毋固，毋我。"所以说"己欲立而立人，己欲达而达人，能近取譬，可为仁之方也矣"。我们趁大家纪念孔子的当儿，也请大家想一想：你对于别人的思想，别人的主张，也能和孔子一样宽容吗？你的尊敬孔子，并非出于盲从而由于自发的信仰吗？

自来陷害孔子的，以汉代儒士为最毒恶，最无耻。图谶之说，五行之论，把孔子当作升官发财的敲门砖，且不去说他。即如自己假造了《孝经》，诬为孔子的主张，把一个通达人情明晓事理的孔子，变成一个用训条戕贼人性的独夫，流毒了数千年而未已，其可恶已极。又如王肃假造《孔子家语》，捏说许多不近情理的故事，使孔子变成用权术的政客，污蔑了孔子的人格，更是罪不容诛。我们纪念孔子，莫再和汉人那样陷害孔子了，也莫把汉人陷害孔子的把戏再传播开去了！唉！救救孔子罢！

【选自曹聚仁著《文笔散策》商务印书馆一九三六年版】

# 我的读书经验

中年人有一种好处，会有人来请教什么什么之类的经验之谈。一个老庶务善于揩油，一个老裁缝善于偷布，一个老官僚善于刮刷，一个老政客善于弄鬼作怪，这些都是新手所钦佩所不得不请教的。好多年以前，上海某中学请了许多学者专家讲什么读书方法读书经验，后来还出一本专集。我约略翻过一下，只记得还是"多读多看多做"那些"好"方法，也就懒得翻下去。现在轮到我来谈什么读书的经验，悔当年不到某中学去听讲，又不把专集仔细看一看；提起笔来，觉得实在没有话可说。

记得四岁时，先父就叫我读书。从《大学》《中庸》读起，一直读到《纲鉴易知录》《近思录》；《诗经》统背过九次，《礼记》《左传》念过两遍，只有《尔雅》只念过一遍。要说读经可以救国的话，我该是救国志士的老前辈了。那时候，读经的人并不算少，仍无补于清朝的危亡，终于做胜朝的遗民。先父大概也是维新党，光绪三十二年就办起小学来了；虽说小学里有读经的科目，我读完了《近思录》，就读商务印书馆出版的《高等小学国文教科书》；我仿读史的成例，用红笔把那部教科书从头圈到底，以示倾倒爱慕的热忱，还挨了先父一顿重手心。我的表弟在一只大柜上读《看图识字》，那上面有彩色图画，趁先父不在的时候，我就抢过来看。不读经而爱圈教科书，不圈教科书而抢《看图识字》，依痛哭流涕的古主任古直、江博士江亢虎的"读经""存文"义法看来，大清国是这样给我们亡了的；我一想起，总觉得有些歉然，所以宣统复辟，我也颇赞成。

先父时常叫我读《近思录》，《近思录》对于他很多不利之处。他平常读"四书"，只是用朱注，《近思录》上有周敦颐、张载、邵雍、程明道、程伊川种种不同的说法，他不能解释为什么同是贤人的话，有那样的大不同；最疑难的，明道和伊川兄弟俩也那样大不同，不知偏向哪一面为是。我现在回想起来，有些地方他是说得非常含糊的。有一件事，他觉得很惊讶：我从《朱文公全集》找到一段朱子说岳飞跋扈不驯的记载，他不知道怎样说才好，既不便说朱子说错，又不便失敬岳武穆，只能含糊了事。有一年，他从杭州买了《王阳明全集》回来，那更多事了：有些地方，王阳明把朱熹驳得体无完肤，把朱熹的集注统翻过身来，谁是谁非，实在无法下判断。翻看的书愈多，疑问之处愈多，一个十一二岁的小孩已经不大信任朱老夫子了。

我的姑父陈洪范，他是以善于幻想善于口辩为人们所爱好，亦以此为人们所嘲笑，说他是"白痴"。他告诉我们："尧舜未必有其人，都是孔子、孟子造出来的。"他说得头头是道，我们很爱听；第二天，我特地去问他，他却又改口否认了。我的另一位同学，姓朱的，他说他的祖先朱××于太平天国乱事初时，在广西做知县；"洪大全"的案子是朱××所捏造的。他还告诉我许多胥吏捏造人证物证的故事。姑父虽否认孔孟捏造尧舜的话，我却有点相信。

我带着一肚子疑问到杭州省立第一师范去读书，从单个庵师研究一点考证学。我才明白：不独朱熹说错，王阳明也说错；不独明道和伊川之间有不同，朱熹的晚年本与中年本亦有不同；不独宋人的说法分歧百出，汉、魏、晋、唐多代亦纷纭万状；一部经书，可以打不清的官司。本来想归依朴学，定于一尊，而吴、皖之学又有不同，段、王之学亦有出入；即是一个极小的问题，也不能依违两可，非以批判的态度，便无从接受前人的意见的。姑父所幻设的孔孟捏造尧舜的论议，从康有为《孔子改制考》《新学伪经考》找到有力的证据，而岳武穆跋扈不驯的史实，在马端临《文献通考》

得了确证。这才恍然大悟："前人恃胸臆以为断，其袭取者多谬，而不谬者反在其所弃。"（戴东原语）信古总要上当的。单师不庵读书之博，见闻之广，记忆力之强，足够使我们佩服；他所指示正统派的考证方法和精神，也帮助解决了不少疑难。我对于他的信仰，差不多支持十年之久。

然而幻灭期毕竟到来了。五四运动所带来的社会思潮，使我们厌倦于琐碎的考证。胡适的《中国哲学史大纲》带来实证主义的方法，人生问题、社会问题的讨论，带来广大的研究对象，文学、哲学、社会……的名著翻译，带来新鲜的学术空气，人人炽燃着知识欲，人人向往于西洋文明。在整理国故方面，梁启超的《中国历史研究法》，顾颉刚的古史讨论，也把从前康有为手中带浪漫气氛的今文学，变成切切实实的新考证学。我那位姓陈的姑父，他的幻想不独有康有为证明于前，顾颉刚又定谳于后了。这样，我对于素所尊敬的单不庵师也颇有点怀疑起来。甚而对于戴东原的信仰也大大动摇，渐渐和章实斋相接近了。我和单不庵师第二次相处于西湖省立图书馆（民国十六年），这一相处，使我对于他完全失了信仰。他是那样的渊博，却又那样的没有一点自己的见解；读的书很多，从来理不成一个系统。他是和鹤见祐辅所举的亚克敦卿一样，"蚂蚁一般勤劬的学殖，有了那样的教养，度着那么具有余裕的生活，却没有留下一卷传世的书；虽从他的讲义录里，也不能寻出一个创见来。他的生涯中，是缺少着人类最上的力的那创造力的。他就像戈壁的沙漠的吸流水一样，吸收了知识，却并一泓清泉也不能喷到地上面来。"省立图书馆中还有一位同事——嘉兴陆仲襄先生也是这样的。这可以说是上一代那些读古书的人的共同悲哀。

我有点佩服德国大哲人康德（Kant），他能那样地看了一种书，接受了一个人的见解，又立刻能把那人那书的思想排逐了出去，永远不把别人的思想砖头在自己的周围砌起墙头来。那样博学，又能那样构成自己的哲学体系，真是难能可贵的！

我读了三十年，实在没有什么经验可说。若非说不可，那只能这样：

第一，时时怀疑古人和古书。

第二，有胆量背叛自己的父师。

第三，组织自我的思想系统。

若要我对青年们说一句经验之谈，也只能这样。

爱惜精神，莫读古书！

【选自曹聚仁著《文笔散策》商务印书馆一九三六年版】

# 许　由

　　相传许由用手捧着水喝，有人送给他一个瓢，他喝后把瓢挂在树上。风吹作声，许由嫌它讨厌，遂丢了它。这故事的意思是很明白的：在许由这一方面讲，用瓢饮，不若用手捧水喝，所谓多一事不如少一事。从瓢那一方面讲，挂在树上给风吹，和别人拿在手里舀水喝，也一样惹麻烦，不如碎了的好。在《庄子》里另外有一故事，说子贡有一回经过汉阴，看见一丈人在那儿治理圃畦，凿隧以入井，抱瓮而出灌，子贡道："这儿有一种机械，一天可以灌百畦，用力极少而见功极多，你为什么不用呢？"丈人道："有机械的必有机事，有机事的必有机心。我并非不知道，却不爱用呢！"道家的根本主张，就是想不激动机心，因而绝对地不做机事，不用机械，许由、务光成为理想的标准人物。

　　然而许由能否做到不喝水连手也不必捧呢？丈人能否做到不必治理圃畦连瓮也不抱呢？触到这个根本问题，《庄子》也不能做什么满意的答复。于是神仙家来了，说餐风饮露可以登仙，呼吸吐纳可以长生，老子变成骑青牛的太上老君，《庄子》也变成《南华真经》，给四川无赖拿去当舀水的瓢儿用，吕洞宾的名声着实比许由大得多，许由或者可以说，这是他自己的幸运；但不能不喝水，不能不抱瓮灌水，这就证明机心不能不动，机事不能不做，机械不能不用，他的主张是全般失败了的。嵇康作《养生论》，谓："无为自得，体妙心玄，忘欢而后乐足，遗生而后身存；若此以往，始可与羡门比寿，王乔争年。"他总算热心做神仙的一个，而他上断头台那一天，仍非弹琴一曲不可，亦可见"无为自得"之不可遂。所以我们不妨转一语，挂瓢在树上，给风吹得拍挞拍挞作响，还是让它那么响着罢。司马迁作《伯夷列传》，说起许由、务光在古代名最大。他的表彰伯夷，便是对于古来遁隐之士表示敬意，他在末一段，却有一番感慨的话，说："若至近世，操行不轨，专犯忌讳，而终身逸乐，富厚累世不绝。或择地而蹈之，时然后出言，行不由径，非公正不发愤，而遇祸灾者，不可胜数也。余甚惑焉，傥所谓天道，是邪非邪？"太史公怀疑到天道的是耶非耶，也就是对于许由、务光的遁隐退让主张表示怀疑。汉光武之世，严子陵可以披蓑戴笠在富春江上优游自得；桓灵之世，郭林宗只能叹息"瞻乌爰止，于谁之屋"！明朝末年，遗老可以把翠微峰当作桃源，躲避那黑暗的势力；到了现在，没有战斗的勇气，就不配在翠微峰上活下去，所以由、光行谊虽最高，而在"天道非耶"的当儿，"时然后出言，行不由径，非公正不发愤"这生活方式是无可维持了的。

在清朝末年，严复译了赫胥黎《天演论》，一时震动了中国思想界。吴汝纶为之序云："大归以任天为治，赫胥黎氏起而尽变故说，以为天不独任，要贵以人持天；以人持天，必究极乎天赋之能，使人治日即乎新，而后其国永存，而种族赖以不坠，是之谓与天争胜。"以强者的哲学代替弱者的哲学，以战斗的姿态代替屈服的姿态，那是全然反道家反许由的倾向，维新运动以后的朝气，可说就这样蓬勃起来的。然而目前思想界又全然变成出了气的高粱酒，和水一样淡了。他们嘲笑青年们的多言多动，引了"虫呵虫呵！难道你叫着业便尽了吗"的诗来讽示。这当然是可喜的许由时代的重来，只可惜许由还是非用手捧着水喝不可，最根本的问题没有解决，明知"业"不会尽而虫还是非叫不可，虽有圣者，亦未如之何也矣！

【选自曹聚仁著《文笔散策》商务印书馆一九三六年版】

# 说 轮 回

新近有一位朋友当了"大权"，他一心想大刀阔斧玩几下子，玩了不久，觉得应付也颇困难，只好对张三用一番托词，对车四又用一番托词；托词有时而穷，他想出许多帽子，给王二赵大戴；结局张王赵李都得罪了，还是应付不了。我特地写信给他，说：

"古语说得好，'吉凶悔吝者生乎动者也'。老兄初当大权，沐猴而冠，觉得太得意，非有作为不可；此念一动，越应付越生出是非来。

"所谓心劳日拙，给测字先生落一个'动是动不得的'批评。一念不动，入真如境；一念既动，便来转折轮回的苦难。"

这是我第一次对世俗人用世俗书说轮回的意义——照我这一句文章的口气，好像我自己是"我佛如来"，对世俗人说法：我并不这样想，我只觉得佛说轮回，应该就是我所说这个意思。

生而为人，就有"生老病死"必然到来的人间苦：其缘由于一念既动，男女互相吸引，在一刹那间，精虫进了卵巢，就开始到世间来历劫：做母亲的为怀孕而作酸作呕，怀孕满十月，经过阵痛而诞育；诞育以后，乳房肿胀，分泌乳汁，这也是一念既动，轮回中的应有文章。婴儿会跳会笑，给父母以喜悦；婴儿疾痛，给父母以忧虑；生离死别，终是牵肠挂肚。放不下心来，也是一念既动，准备在轮回中细尝的酸甜百味。这情形，就让《周易》来说："爻者，效天下之动者也，是故吉凶生而悔吝著也。"动了以后，要想不生吉凶，不著悔吝，那是做不到的。《淮南子·缪称训》云："动而有益，则损随之。"宇宙万有，无有下轮回流转，吉凶悔吝应该让它出来才对。

佛说真如境一尘不染，要一念不动，方能脱去烦恼。我们究竟能否一念不动呢？从"阿米巴"起，甚而可以说"宇宙尘"起，动是它的基点；到了有情世界，格外明显起来。一个年轻的人，看见了少女，魂思梦想；冒风霜雨雪以求一见，准备着性命来博最后的机会；明知酸甜苦辣百味俱全，却愿意来轮叫历劫，粗看好像是个傻子，仔细一想，却正是宇宙本体听启示的法则。两人下棋，棋子一动便有胜负；仙人说不动便没有胜负，但我们并不是仙人，仍以杀死棋为快。

我这样一说，好像我自己有点矛盾：既写信劝朋友"一念不动"，而又说"动是宇宙的基点"。

其实那封信，因为彼此是熟悉的朋友，不好说他动了忮心。因为一念既动，就有两种倾向：一种是菩萨性子，一种是忮心，用现代语词来说，前一种是利他的念头，后一种是利己的念头。利他念头动时，眼前只看见应该做的便去做，到了做的时候就动手，所以说"不忮不求，何用不臧"。利己念头动时，眼前只看见权利冲突之处，世间无可亲近之人，所以说"哀今之人，胡为虺蜴"。侯方域《癸卯去金陵日与阮光禄书》云："独怪执事忮机一动，长伏草莽则已，万一复得志，必至尽杀天下士以酬其宿所不快。"阮大铖的一生是动了机心，周历轮回大劫的好注脚。

或问：轮叫世在那儿轮回的？精虫钻入了卵巢，血呀、肉呀、骨呀、毛发呀，并不与精虫卵巢俱来，一切轮回都在物质环境之中中历：念之所以动，动念以后所以偏向利他或利己，都是物质圈产所决定。我在这儿说轮回，并不是在这白日见鬼，说轮回世界在现实世界之外。正相反，我说一颗种子的萌芽成实开花结子都从泥土中出来；离开土地，种子就不能轮回。所以我的说轮回，不带神秘的色彩。

【选自曹聚仁著《文笔散策》商务印书馆一九三六年版】

# 鬼的生活

　　欧文《见闻杂记·克莱恩先生》篇，说克莱恩先生爱谈鬼，一肚子都是鬼的故事。他说那无头骑马的鬼雄，格外有声有色，大家听了毛骨悚然，对着黑洞洞的庭院，都不敢回头看一看。小孩子们拼命向人阵里挤，只怕无头的鬼，站在他的背后。就在克莱恩先生说鬼那一晚上，他自己在归途失了踪，大家相信他是被无头骑马的鬼吃掉了。我是深深同情克莱恩先生的，他为着博爱人的欢心，尽可能来搜罗鬼的故事，而白郎骨就利用克先生的胆怯，结束克先生浪漫的梦想。

　　我的胆怯，也许比克先生还厉害一点，自幼我为家人间的笑话：看见周仓提着大刀站在庙门的边上，就蒙着双眼由大哥一步一步扶着走下大桥，头也不敢抬；听见落叶在地下沙沙作响，就仿佛吊煞鬼追了过来，非夹在人群中不敢动步。金华同学扮个鬼脸，曾把我吓昏在床上；另一个谈鬼的晚上，一件小小不敬的事，闹得我和舍监对嘴，几乎开除学籍。可是我最爱听鬼的故事，听别人口说还不够，从《聊斋》《阅微草堂》故事那些书上满足我的欲望。后来渐渐觉得鬼并不怎样可怕，《聊斋》上就有许多可爱的鬼。我读书的那个中学，从前是书院，相传有个太守女儿相思而死，女鬼晚上时常出现，我颇愿意亲近她，她可从来不让我看见过。等到我知道鬼之可亲近，鬼的幻影忽然离开得很远很远，而真真可怕的吃人的东西，并不在另外一个世界，环绕在我们的左右前后，突眼獠牙，不知什么时候袭击过来；魑魅魍魉满人世间都是，也许我们最亲近的人便是白郎骨，我于是战栗起来。

就我近十年的思想说，可以算是无鬼论者。我看《弘明集》是近三五年间的事，其间有许多说得很妙很妙的哲理已不能动我的信念；科学的光把黑暗处都照遍了，我知道并没有鬼这样东西。《晋书·阮瞻传》，阮瞻主张"无鬼论"，有一天，有生客访他，反复和他讨论鬼神的事，阮瞻不为所动。那生客忽然变为异相，顷刻间消逝。假使真有鬼的活，我愿有这样的生客来访我，使我可以相信。

不过，我虽是无鬼论者，也愿意知道一点世俗所说的鬼的生活。我曾经看见年轻的表嫂咽了最后一口气，闭了眼睛，伸直了双脚死去了。闯进我的脑里第一个问题，人死变成了鬼，鬼也得要吃要喝吗？逢七必设肴馔致祭，四季节日以及生辰死忌，也要设祭；鬼大概和人一样非吃喝不可的。据说有一种带阴阳眼的人，会看见鬼怎样吃喝；说肴馔的实质没有动，那"气"已经被鬼吸去了。鬼为什么不随时地去吸肴馔的"气"，定要设祭时才来吸气呢？前人并未交代明白，不敢妄揣。鬼在设祭时饱吸了一回，究竟能够支持多久？大家也不大知道。看致祭的人替他预备了纸钱，大概阴间自有鬼市，鬼老板开设商店可以供给大家去购买。纸钱为什么不由冥国银行自己铸造自己印发，定要人间烧化给他们？也似乎不大可解。鬼国的天气怎样？从烧化纸型衣冠看来，似乎和中国的温度差不多，非穿衣不可。大概鬼国也通行方块字，凡是人间送过去的缀帛衣冠，开了姓名就能照数收到，虽说通信地址不明。人是要死的，鬼呢？据说也要死的，鬼死则为聻，但一般的传说，鬼转入轮回，投入世间来；有的投入畜生道，有的依旧转世为人。凡此种种，一片鬼话，死无对证，大家姑妄言之，姑妄听之。人对于这缺陷的世间法的执着，从这些传说中可以看出；凡是我们自己的苦难，一样地要往鬼身中推；人间苦，鬼间更苦，所以非重复投生列世间来不可。人对于生对于现实的留恋，用这样的幻象烘托出来，鬼的可悲不若狐狸的可喜，鬼的依赖人不若狐狸替活人满足欲望，鬼的重入轮回不若狐狸的成仙得道，这是代表人的意欲的两面；"活无常"使人怅惘，"死无常"使人莫名所以；释迦的悲悯众生，他是体味最深刻的宇宙苦吧！

人把鬼设想那么怯弱，比自己的灵魂更怯弱，原是可怜的。只有一点，人于怯弱之中，设想另一坚强的面相来。鬼是为着受裁判而往阴间的，阎王注定三更死，决不留人到五更。哪怕你皇亲国戚，哪怕你铜墙铁壁，无常一到，性命难逃，都到阎罗王面前去受公平的裁判。算盘上没有分毫差错，人世间种种不平等的情形，种种郁愤之气，到此完全宣泄出来。善有善报，恶有恶报。上有三十六重天堂，下有十八层地狱，就看你一念之间定局，许多杀人不眨眼的英雄，老来也非诵经念佛，修修来来世不可的了。自然对于阎罗十殿的设想，也可以吹毛求疵；十殿无异于衙门，地狱是牢狱的副本，处处流露着人间味。我们略其小节，则阎罗十殿象征，我们心底反抗意识，也还不无可取的。我们相信将来总有公平裁判的一天。

在都市住得久了，一年一度看见白郎骨一类的人利用鬼来傲掠夺的武器，鬼在现代是更可哀的了！

【选自曹聚仁著《文笔散策》商务印书馆一九三六年版】

# "元旦书红"

在除夕，心头觉得有填不满的"空虚"。如金圣叹所说的，某甲若干岁，某乙若干岁，这若干岁若干岁究竟积在哪里？所有的只是一张白纸，已往之我，烟消雾歇，一点也不留存。一想到今年这一年又完结了，寂寞之感油然而生。而元旦一来，又萌长了新的希望，一切从头做起的信念也是顺理成章地起伏着。因此"元旦书红，万事亨通"的红纸条倒是应景的点缀。

我自幼往至戚 M 家贺年，他家书桌边总看见"元旦书红，万事亨通"的红纸条粘着。他家的家境，原是一年不如一年，只这一张红纸条，或长或短，或楷书，或宋体字，年年鲜明地换贴一过。他家境一不如意除夕一番怅惘，换贴这张新纸条的时候，总默祝幸运之神该格外照顾他一点的。命运之神的面相，似乎不容易捉摸。梁启超曾说他自己欢喜命运的不可测，因为不可测才显得人生有意义。也有人爱那个拿大剪刀的命运女神（三姊妹之一），她随时可以用剪刀剪断生命的索子，一了可以百了。M 君则以命运不可捉摸为苦，搓生命索子的女神既然替他的生命延续下去，他总不愿意一刀剪断。留恋着现世，在无可奈何的情况之下，想望"万事亨通"一张红纸条虽很微小，他的愿望是很奢的。我在 M 君家，又常听到他告诉李姓邻居，去年开门放爆仗，四个只响了三个；就此一病七八个月，长年晦气。张姓阿伯新正出门，走错了喜方，接连破几次大财，还惹了一场官司。诸如此类例证，使我不能不相信"元旦书红，万事亨通"这张纸条自有妙用。M 君的趋避例证，还很多很多。据说爆竹的声响也有"荣发"和"穷败"的不同，元旦出行，也有闻鸦闻鹊的吉凶不同（元旦闻鸦主丰收，闻鹊主凶歉）。关于孩童起居行止，也有许许多多的禁忌。看他那么说得有条有理，大可以写一部"禁忌大全"，可惜我那时不懂得风俗学，我因此推想为命运所播弄的人，对于命运之神那么虔诚敬畏，事事为无形的条文所限制，精神上的烙印是值得同情的。不过精神上的烙印，有时也烙在圣贤的心上。孔圣人在"走投无路"的时候，对他的弟子叹息道："我生不有命在天！"那时的情感，虽是圣人，也和 M 君差不多：从甲国碰壁出来，走到了乙国，总希望这回的运气会好一点。一车两马，恓恓惶惶，到老还是倒霉归乡，连周公的梦都长远做不成，才断绝了念头。所以王仲任以一代哲人，破这破那，独于命运一关，辩护了又辩护，变成了仲尼的同志。他是绍兴人，我想，在他的书桌边也许也粘着"元旦书红，万事亨通"的红纸条子呢！

在逻辑上，称这类红纸条子为"丐词"。丐词者，是将心愿上所不能达到的欲望，交给所谓含有神秘性的"符号"，又向这符号去祈祷，这情形，从初民到最高度文明的智慧者，皆所不免。把天空某一星座，称之为老人星，又向之祈祷。初民的举止，我们觉得可笑。而上海高等华人，喜庆事不爱"送钟"（钟终音近）礼券不用"先施"（施死音近）而用"永安"，到处还流行着"十三"数字的忌讳，其去初民膜拜老人星并不相远。因此，我对于M君虔诚地粘贴"元旦书红"的纸条，格外同情起来。

我的父亲，素来不爱贴"元旦书红"的红纸条。他有一次从自岩寺出来，看见照墙"对我生财"的红纸条，就大声地和那住寺和尚说："这是你们出家人的名利障。"那话当然含有讽刺的意味，自从我久住上海，知道一些大方丈的故事，懂得做方丈的秘诀，就在"对我生财"，名山丛林的方丈既逃不了名利障，更无怪山僻的和尚要在照墙上贴"对我生财"的纸条。"献豚蹄以祝丰收"，也可说是仙凡一律了。可是一闪光明从经济的窗子里透过来，我忽然看到 M 君所以万事不亨通，高等华人虽处处避忌"十三"而凶信常来，上海大方丈不免于请律师打官司，所谓"命运"那东西，不过为那只大手掌所颠播，我的心头又增加了一重"空虚"。我知道我自己无论如何挣扎，总是逃不出那只魔手；今天在这儿试笔，再也不做"大吉大利"之想。我的书桌边，要粘纸条的话，应该这样写：

元旦书红，万事不通。

【选自曹聚仁著《文笔散策》商务印书馆一九三六年版】

# 自　罪

因为"人言可畏"，阮玲玉吞下那几包安眠药片了。可是"人言"这东西，你胆怯了怕它，结果会更坏些。罗素说："怕舆论的人，较之那些置之不理的人，反更受舆论的压迫。狗子见了一个怕它的人，较之一个蹴踏它的人，叫得更厉害，更想咬他。人类的一般群众，也有这种性格。如果你显出怕他们的样子，他们就更放肆地追逐；如果你不理会他们，他们反而自己心虚起来，不来滋扰你了。"这并不是叫我们蔑视舆论，他是说处身在社会要有担待人言啾嚣的勇气。

一个人总要有同情的环境，才能快乐地活下去的，一般人就在年轻时代，为得要适应自己所处的环境，把那一圈子里的信仰习俗以及一些道德训条都熟习了；后来处身在社会上，就和那圈子里的人很合得来，他的一言一动，舆论不会批评他排斥她。但是环境是不断地在迁变的，社会上的信仰习俗以及道德训条，对于现在的环境都不能适用的。有脑子的人，就要"想"，就要"怀疑"，就要提出"相反"的主张；舆论就把他当作叛徒，说他的主张是大逆不道，是洪水猛兽，要用口沫、嘲笑，甚而用牢狱、刀剑来对付。这样，没有勇气的人，就变成模棱两可；独居私议，则取大胆的批评；处在社会大众中，就掩饰自己真正的兴趣和信仰，取阿附取容的态度。有些不肯取这种妥协态度的，立刻成为"国民公敌"；他们若不能担待人言的啾嚣，就不能坚持自己的主张。易卜生在《傀儡家庭》中，借娜拉的口来说："我现在要看看，究竟还是我错，还是社会错？"颜习斋说："立言但论是非，不论异同。是，则一二人之见不可易也；非，则虽千万人所同，不随声也；岂唯千万人，虽百千年同迷之局，我辈亦当以先觉觉后，竟不必附和雷同也。"这都是思想家立身行道的战斗态度，我们应该采取的。

所以我们从立身方面说，人言虽可畏，应该认为人言不足畏。从处世方面说，我们知道"人言"容易使人以为"可畏"，应该帮助萌芽的新思想新学说，不要用人言的力量去摧残他。我又记得罗素说过："关于青年的事，老年应当尊重青年的意旨，但是青年就不必尊重老年人的意旨。这原因是很简单的，因为无论是何方的意旨，利害相关的总是青年，而不是老年。……只要到了判断的时期，就应当有自由选择的权利，即算错误了，也可以自己承担。关系青年很重大的事，如果告诫青年服从老年人的主张，便告诫错了。"这尊重青年意旨的主张，的确是很好的。最后，我来普告天下年轻的朋友：我们应该和王安石一样，喊一声："人言不足畏！"

一个人精神健全的时候，他敢于信赖由理智所发出的信仰。精神衰老了，伏在下意识里种种无根据的信仰都来扰乱心灵的安宁了。有些重嫁的妇人，她怕最后的裁判，在菩萨前面忏悔；捐助庙门的阈木当作自己的替身，给大家去践踏。有些政治家或是杀人如麻的军阀，念经礼佛，或者削发出家，想灵魂免于地狱的磨折。也有些革命家，壮年时一往无前的，到了晚年，走向阿弥陀佛的路，想替自己修修来世。这种自以为犯罪的人，满眼都是。心理病态，若仅仅种于老年人或寡妇老处女的心头，社会受其害尚轻。假使中年人青年人都害了这种心理病，那个社会必死气沉沉，绝无生机。一个社会，若把革命的光荣看低了，觉得从前种种破坏工作都应该忏悔，不断向回顾的路上走，那社会前途更危险极了。个人自以为犯罪，便断送个人的前途，社群自以为犯罪，即断送社群的前途。一切的回顾，都是精神不健全、自信力不足的表征。

在一般"自罪"的空气之下，容易产生"圣

人"崇拜的观念。自己总觉自己有缺点，自己的思想，品行，不能圆满无亏。于是设想世间另有一种完人——人格圆满的圣人。自己看见美人未免动心，因设想圣人一定"坐怀不乱"；自己看见黄金，难免欲得，因设想圣人一定"一介不取，一介不与"。自己不免羡慕权势，因设想圣人一定"敝屣荣华"。大家所设想的圣人，成为全知全能的箭垛，他们希望自己是一个不沾染罪恶的人，但又做不到。他们羡慕心中纯洁有道德的人，又恨自己没有资格做圣人，自己手里所造的偶像，竟把自己迷惑住了。但足圣人也是皮包骨头的活人，孔子既时常要发气，关云长又非常爱女色（见陈寿《三国志》），做事又非常鲁莽；岳飞的专横，和后世的军阀一样。在太阳光底下，全知全能的圣人，根本就不存在的。我们应该有一个觉醒：人生之有缺点，正和人生之有优点一样，光明面和黑暗面一同并存。自己以为犯罪，不断忏悔，不断回顾，那是错误的。

【选自曹聚仁著《文笔散策》商务印书馆一九三六年版】

# 运　命

## 一

　　叔本华《悲观论集》的译本，我新近才看到。十年前，一个深晚，我为叔本华的学说所感动，不禁号泣起来。我记得：那个黑洞洞的影子在我的眼圈里差不多迷糊了二三个月。春翠在杭州，接读我那几个月的信，大为惊异，以为我遭遇了什么意外的打击。尼采当年初读叔本华的《悲观论集》，其心灵摇颤，大概也是如此。我向商务买《悲观论集》那天，在路上几乎不敢翻开来细看。

　　叔本华说："所谓幸福，实际所享受的决没有期望的那么多；而灾祸之来，其苦痛必比预想还要多。""运命是怎样的残酷：一群羊在草地熙然自乐，吃草，晒太阳，往来追逐，但屠夫正准备着挨次将它们宰割。"我刚在洗澡房里看这段话，浴盆里那两尾白鱼正迎着水滴大为高兴，时常高跃起来。当天下午烹煮了一尾，第二天早晨，睡在床上听到另一尾白鱼跳跃的声音，凄然之感如箭刺心，它哪曾知道烹割之祸就在眼前呢！世界者，一无涯之苦海耳！所谓快乐，唯偶忘痛苦之时为有之；快乐不可得，所可得者痛苦而已！"我们面着现实，不该做这样的感想吗？我又联想起《灰色马》里的话来："是红莓汁呢，还是血？是傀儡陈列室呢，还是人生？我不知道，谁知道呢？"

## 二

一八七一年四月二十八日，托思退夫斯基，他写信给他的夫人说："一件绝大的事情临到我的头上了；那种龌龊的幻想，曾经使我自苦至十年之久（或者更确切地说，自从我的哥哥死去，我陡然为债务所迫以来，便起了这个赢钱的幻想的），现在是完全消灭了。我老是梦想着赢钱；我很严重地很热切地梦想着，现在这梦想是过去了，完结了。"托氏夫人记载托氏在赌场中悲观喜怒的故事甚详尽，从贫穷的圈子里颠连过来的人，是怎样地为运命所播弄哟！

清末文人龚定庵生平最爱赌博，尤爱摇摊，自谓："能以数学占卢雉盈虚之来复。"其帐顶满画一二三四等字数，时常仰卧床上，看帐顶数字来推测消息盈虚的天机。他自以为赌学极精，可是每赌必输。有人问他，他说："有人具班、马之才，通郑、孔之学，入场不中，那是魁星不照应的缘故。像我这样精于赌博，财神不照应我，有什么办法呢？"他颇有托思退夫斯基的戆气！

## 三

在西洋有这样一段寓言："一位神仙给一个孩子一团线，对他说：'这是你的生命线。拿罢，当你觉得闷烦时，把它拉出来；你的日子过得快或慢，全看你拉线时还是急急的，还是慢慢的，你如果老是不去拉它，那你就老是停留在那个时候。'那孩子接了线团，先拉到做了成人，于是和心爱的姑娘结婚，于是看他的孩子一个一个长大来，在事业上得胜，成名取利，缩短紧张的时期，逃过悲哀和颓丧的事情。最后把怨恨的老年截断了。他从神仙来到的一天起，只活了四月零六天。"这寓言里的孩子是聪明的，该享受的都享受过了，而所憎恶的，不让它有机会到来。

贪恋尘世的人，吃珍珠粉、五石脂以驻颜，吐纳导引以延年，希望做长生不老的神仙。如秦始皇、汉武帝那样起劲遣童男女入海，筑承露盘以恭候西王母，固不免为拉线的孩子所笑；即如作《养生论》的嵇康，自以为"无为自得，体妙心玄，忘欢而后乐足，遗生而后身存，若此以往，可与羡门比寿、王乔争年"，而一曲琴罢，头已落地，也不免为拉线孩子所笑的！

# 从读书说到作文

好厨子能把一只旧鞋子做成一盘好菜；好作家能把极干枯的东西说得津津有味。

——叔本华

引西谚我们要是永远念人家的作品，那就永远不会使人家念我们的作品。

——波布《登西亚德》

许多人相信书读得多，文章就作得好；尤其是读古书。许多人由于这个愚妄的"相信"，以致终身在这方面演悲剧或喜剧。他们也许想不明白，永远想不明白，不读书怎么能够写文章呢？当然喽，睡在床上是睡不出文章来的，但读书以外，并非只有在床上睡的一件事可做。譬如在树阴下坐坐，或爬山过岭地走走，或到草原上捉几只虫儿鸟儿玩玩，未始于写文章没有益处呀？说"开卷有益"的人，不是哲人，便是呆子；哲人无所不通，左右逢源，自然可以开卷有所得；呆子则分不出什么有益或无益，只知道去开卷，反正不会有所得。袁子才（枚）问得妙："你们说作诗作文要以古人为法，请问那些古人又以谁为法的呢?"但天下多少呆子只知道读古书，不知道古人并未读古书，斯居然为天下后世所法的。

我在幼年时候，就听说一位姓陈的乡人，他读了一肚子《四书》《五经》，负"书箱"的盛名，可是他的文章，三行都写不成器。后来我知道金华有一姓郭的，他所读的更多，听说连《资治通鉴》都背得出，可是他写一张取伞的便条，一写就是五千多字，比天书还难懂。我一生也经过了许多名师，其学问博通的，文章都不怎样高明；文章高明的，学问又未必博通。其实呢，多读书莫如清代的朴学家，而其文章可观的，却是寥寥可数。此中消息，约略可以窥见了。清代松江有一大学者，有一子二女。他期望那儿子甚切，督责甚严，读书不熟，鞭责以外，还当街罚跪。那儿子不必说作不成文章，连书也读不好，那位大学者大为懊丧。可是他的两位女儿，既未受严父督课，也未曾受过责骂，居然诗词散文，斐然可观，学问也通达有条理。这岂不是从另一方面透露着此中消息吗？原来"读书"者，如叔本华所说的只是走别人的思想路线，而作文是要走自己的思想路线；要是胡乱采用别一个人的思想路线以为自己的思想路线，就等于穿上我们所不知道的客人放在一边的衣裳一样，决不会称身惬意的。

所以我们讨论读书与作文这问题的关联，只能开宗明义，大喝一声，先把"读书"和"作文"打成两截。（"清汪凝载少聪明，读书一再过，辄便记忆。故《十三经》《史》《汉》，皆能滚滚暗诵。及试作破题，睫喘未就；薄视之，'然而'两字也。其师曰：'巧冶不能铸木，工匠不能斫金，是子已矣。'"事见《明斋小识》，可引作多读书未必能作文的佐证。）依学习的程序说，"作文"实在先于"读书"。因为从咿呀学语时起，我们学习代表意念的词语，学习词语的连缀，用以发表自己的情意。当我们开始读书的时候，最低限度的思路已经通顺。初步读书，其实是开始学习另一种符号——文字，与其说是"读书"，不如说是"识字"。做识字基础的书籍，前人由《千字文》《百家姓》《三字经》到《四书》《五经》，大都不和学习心理相适应，又和素习的口语相隔太远，叫孩子们无法去沟通。所幸入塾的年龄正是记忆力最强的时候，叫孩子们死读书，记下那些符号。可是孩子们的心性是软弱的，这一来便把已经通顺的思路又塞住了。因为他们并不知道"语言"代表意念和"文字"代表意念两者之间是相通的，古人的思路，他们既已走不通，自己的思路反而被塞住了。所以幼童"读书"的时候，正是他们的"作文"停滞不进的时候。学习文字符号，大约得有五六年光景，才识得千多个方块字，三五千个词语，逐渐可以组织起来表达自己的情意了。不幸一般人所谓"文"只当作酬应或说教的文章看待，定叫他们做《读书不忘救国，救国不忘读书论》或《业精于勤荒于嬉说》一类的论说，写《劝友人节俭书》，或拟《陈伯之答丘迟书》一类的信，那一套符号本来运用得还未纯熟，还叫他们表自己所未有的情，达自己所未有的意，其结果不独作不出好的来，连坏的也写不出了。在千万秀才中，难得有三五个能写通顺的文章的，就是这个缘故。

所以，要认真说到学作文的诀门，实在无从说起；书呢，无一可读，也无一不可读。吴稚晖先生说他自己从冷摊上看到一本用"放屁，放屁，真正岂有此理"作开场的小说《何典》，悟到了文章的作法，这并不是笑话。他说他以前作文，拘拘于师友所告诉的义法，不敢放胆写去；直到看了《何典》，才敢打破义法，什么词语都敢用，什么语调都可用，使他恍然明白文章的秘诀在此不在彼的。（例如《何典》中"肉面对着肉面"那一句多么土俗，而下面接上"风光摇曳，别有不同"句，又多么雅致；这绝非桐城文伯阳湖名家所敢使用，此于吴稚晖的文章风格大有影响。）古语说得好，"学无常师"，其实作文亦无常师；吴先生从一本闲书悟得文章秘诀，我们也可从别一方面开出路来。换言之，对于张三有益的《五经》，对于李四也许正是毒药，拘拘于一定方式的，终必妨碍思路的开展的。周作人先生告诉青年，爱看什么就看什么，这是指导读书的好法门，也正是指导作文的好法门。

一个人的思路，到了十五六岁以后，又渐渐开展起来。那时候，学习文字符号的工程已告一段落，而所接触的世界，逐渐广大复杂起来，思考力因此加强得多。又因为生理的成熟，男女之爱萌生着，也由单纯的进为复杂的多面的情感。那时，自我的意识渐明，对于自己的圈子重新加以估量。这种对于环境的反应，对于世界的再认识，其实便是无字的抒情文、记叙文、议论文。一个青年，他的生活经验假若是丰富的，假若时常运用他的脑子去想一想的，假若有胆量发抒自己的情怀的，事实上他就是一个能写文章的作家。以作文为主，以读书为辅，把一切书都当作作文的资料看待，取之不尽，用之不竭。那就书也读通了，文也做好了。

举个例来收场吧：在私塾读书，一开口便读《三字经》，高声念道："人之初，性本善。"假若那学生聪明伶俐一点的，他问先生，什么叫做性；那先生眉头一皱，不知怎么说才好。可是塾中另一批十二三岁的学生，先生出题叫他作文，已经开出《性本善说》的题目了。《性本善说》，当然十个学生九个作不好，假若有一个顽皮一点的学生，从"食色性也"那一句上想出一点意思来，写道："K镇上今晚有两台戏，听说班子很不错呢，我要和那漂亮的表妹一同去看呀！"那他就要挨先生一顿手板了。他莫名其妙地挨了一顿手板，又想想圣人所说"食色性也"的话，只好当作闷葫芦闷在心头。大概要再过五六年，他才知道性善性恶的问题，是从来圣贤所不曾解决，不仅他自己不懂得，连那老先生也不懂得；不独想和漂亮表妹去看戏是性之一相，即先生打他一顿也是性之一相，这样一来，文章可写了，不仅可以作成一篇说，而还可以作成一部书的。于是他才开始懂得作文的法门，那时他大概有三四十岁了。

【选自曹聚仁著《文思》北新书局一九三七年版】

# 杂　文

客：现在社会上流行的，有所谓"小品文"，又有所谓"杂文"。这两者究竟有什么不同呢？

主：就如词面所说的：譬如一家园林，小小临水的亭子，矮矮的篱笆，太湖石的桌凳，那是小品文；至如豆棚瓜架，鸡笼茅舍，以及扫帚拖把那一些都可以说是杂文。

客：照你这样说来，"杂文"和"小品文"不仅是形式的不同，作者的意识也有不同了。

主：意识是个人的物质环境所决定的。一个大富商客厅里的清客，他只能说说名画古玩，以及麻将经、花姑娘那些帮闲的话。一个在柴积上晒日黄的乡下老头儿，自然爱嚼豆芽菜、黄鼠狼偷鸡一类的事了。从前写文章的，都是带才子气的读书种子，说点风雅的掌故，抚掌欢笑，把这日子消遣过去就是了。现在写文章的，都是从破落的农村过来，在都市里吸饱了煤烟的，说的都是身边苦恼的琐事，同命运的彼此诉说诉说可以得一点安慰。杂文之中，有可怕的咒诅，有沉痛的叹息，有凄惨的叫号，有蓬勃的愤情，却很少会心的微笑。所以看杂文，总觉得非常率真，不像小品文那样含蓄，那样雅驯。

客：我们假使要写杂文，岂不是在每日报纸上就有许多材料可以采取了。

主：是的。近代的散文，没有不受新闻文艺的影响的。从前的社会新闻，以铺叙男女风流韵事为快意；现代许多小型报纸，以很简括的笔调写社会间的暗影，使我们嗅到时代的气息。"杂文"，无论是评论，或记叙，都和新闻文艺一样的明快；彼此相互影响的地方本来很多的。辛克莱说："当你处境很窘时，如能找到一个跟你表同情的心，实在也是一件很愉快的事；不过更重要的，是要找到一个理解你的困苦的起因，并且能够帮助你脱离窘境的头脑。"杂文的写作，就是要分解社会困苦的起因，并且能做脱离窘境的设计。

【选自曹聚仁著《文思》北新书局一九三七年版】

# 鲁迅先生的骂人

在柜台的一角，一位小职员，手中拿着一份《立报》，对另一角的同事说："那位顶欢喜骂人的鲁迅死了。"我听了呆了一下，在想：鲁迅先生难道真是顶欢喜骂人的吗？

说鲁迅先生最爱骂人，有陈源（西滢）先生的话在，他说："鲁迅先生一下笔就想构陷人家的罪状。他不是减，就是加，不是断章取义，便捏造些事实。——有人同我说，鲁迅先生缺乏的是一面大镜子，所以永远见不到他的尊容。我说他说错了，鲁迅先生的所以这样，正因为他有了一面大镜子。你见过赵子昂画的故事吧？他要画一个姿势，就对镜伏地做出那个姿势来。鲁迅先生的文章也是对了他的大镜子写的，没有一句骂人的话不能应用在他自己的身上。……他常常散布流言和捏造事实，但是他自己又常常地骂人'散布流言'，'捏造事实'，并且承认那样是'下流'。他常常地无故骂人，要是那人生气，他就说人家没有幽默。可是要是有人侵犯了他一言半语，他就跳到半天空，骂得你体无完肤——还不肯罢休。"他又说："有人说，他们兄弟俩（鲁迅先生和启明先生）都有他们贵乡绍兴的刑名师爷的脾气。这话，启明先生自己也好像曾有部分的承认。不过，我们得分别，一位是没有做过官的刑名师爷，一位是做了十几年官的刑名师爷。"但是，我还在想，鲁迅先生真是顶欢喜骂人的吗？

大家应该读过鲁迅先生的《坟》的后记吧，其中有一段说：

至于对别人，……还有愿使偏爱我的文字的主顾得到一点喜欢；憎恶我的文字的东西得到一点呕吐——我自己知道，我并不大度，那些东西因我的文字而呕吐，我也很高兴的。……我的确时时解剖别人，然而更多的是更无情面地解剖我自己，发表一点，酷爱温暖的人物已经觉得冷酷了，如果全露出我的血肉来，末路正不知要到怎样。我有时也想就此驱除旁人，到那时还不唾弃我的，即使是枭蛇鬼怪，也是我的朋友，这才真是我的朋友。倘使并这个也没有，则就是我一个人也行。

我们看了这段话，该有点明白了。原来说他欢喜骂人，只是别一方面的误解。在中国，不问批评制度和评论个人，不问正面讽刺或反面冷嘲，总而言之，名之为"骂人"。"骂人"就算是有伤忠厚的。说鲁迅先生爱骂人，把他的批评制度评骘个人正面讽刺反面冷嘲的杂感文字，当作泼妇骂街一例看待，自然只看见他直着喉咙骂这骂那了。

我们把他的文章检讨一下，其中挨过他的辛辣的讽刺的最多是残余的封建制度和思想。他的一生经历了许多政治改革社会改革的把戏；这把戏是起先看起来有点横厉不可一世，终于渐渐软下去，被利用，被误解，以致销声匿迹，全不是那么一回事。辛亥革命之变成阿Q的盘辫子，《新青年》的同伴高升、退隐，留下他一个人在沙漠上走来走去。他于是非常怀疑，因而失望颓唐得很。他觉得他的环境是一间绝无窗户而万难破毁的铁屋子，这铁屋子的墙头，是用精神文明、国粹、孔孟之道一类砖头砌成的；他于是擎出丈八矛枪向封建制度封建思想挑战，只要是有人做毁坏那铁屋子的工作，他无有不助一臂之力。

既然他所攻击的所讽刺的是一种制度一种思想，则某制度下那一群人当然要挨着他的批评，而某种思想附在某种人身上出现，某种人就要受着他的痛骂。他骂章士钊，骂林语堂，就是骂那些开倒车的思想；骂梁实秋，骂陈西滢，就是骂现代评论派新月派的改良主义。这其间，也许夹杂一点个人的恩怨，但读者所以首肯鲁迅先生的

批评，并不注意其间有什么个人的恩怨；正因为
他批评复古开倒车的错误，指出改良主义的可笑，
自有社会的意义，乃加以首肯的。大家既不以为
他在讥骂个人，则章士钊、陈西滢等等正与他所
幻设的阿Q相同，我们为什么可以忽略他的批评
制度批评思想的重要意义，而单提他的"骂人"
这一点呢？

　　雷峰塔倒掉以后，鲁迅先生曾经在有点畅快
之后，写了两篇文章。他所以畅快，就因为雷峰
塔一倒坍，西湖十景去其一，至少可以医治医治
那传统的十景病。但鲁迅先生知道中国人的十景
病害得太厉害，根本不懂得讽刺的意义，慨然道：
"悲剧将人生的有价值的东西毁灭给人看，喜剧将
那无价值的撕破给人看。讥讽又不过是喜剧的变
简的一支流。但悲壮滑稽，却都是十景病的仇敌，
因为都有破坏性，虽然所破坏的方面各不同。中
国如十景病尚存，则不但卢梭他们似的疯子决不
产生，并且也决不产生一个悲剧作家或喜剧作家
或讽刺诗人。"他既生在中国，已经命定地为患十
景病的国人所误解，到死为止，他所努力的带破
坏性的"讽刺"便被人当作"骂人"了。

　　鲁迅先生的文章中，悲观色彩很浓厚，那是
无可讳言的。（他自己说："必须与前驱者取同一
的步调的，我于是删削些黑暗，装点些欢容，使

作品比较的显出若干亮色。"又说："至于我的喊声是勇猛或是悲哀，是可憎或是可笑，那倒是不暇顾及的；但既然是呐喊，则当然须听将令的了，所以我往往不恤用了曲笔，……因为那时的主将是不主张消极的。"）他为什么带这样浓厚的悲观性呢？他的早年生活实在替他埋下很深很深的根。鲁迅先生曾经在《呐喊·自序》提到一句话："有谁从小康人家而坠入困顿的么？我以为在这途路中，大概可以看见世人的真面目。"这是一句非常沉痛的话。在他的幼年，他的父亲的长期生病，当店朝奉的面孔，名医生和药店伙计的面孔，家境中落后亲戚朋友的面孔，都使这小孩的心版上所刻的创痕很明很深，因为他是长子，因为是幼年丧父，因为是炎凉世味，他就发现了一个非常凄惨的世界，他在学习开刀解剖以前，已学习了许多心理的解剖了。有其幼年的世情刺激，再加以壮年的历经世变，撕去了许多东西的人相，露出那出于意料之外的阴毒之人。于是他和俄国的安特列夫一样，一无穷尽的孤独淡漠，并且面孔永远只是对着阴黑窗外的陷坑了。（方璧《鲁迅论》说，《幸福的家庭》的主人公，幻想终于破灭，幸运的恶化，主要原因都是经济压迫；但不是被压迫者的引吭的绝叫，而是疲荼的宛轻的呻吟，这呻吟直刺入你的骨髓，像冬夜窗缝里的凉风，不由你不骨毛悚然。）

晚年的鲁迅先生，精神上稍有转变，盖自国民革命军北伐的成功和中国苏维埃的成立，给了他一线光明，他从前所认为绝望的没有窗户的铁屋子，好像会有毁坏掉的希望了。近十年间，他的杂感文，比较积极得多；对于制度思想的批评，格外来得努力，若还说这种努力只是以个人的恩怨为主体的"骂人"，那是真是"瞽者无以语于文章之观"，我不想说什么了。

【选自曹聚仁著《文思》北新书局一九三七年版】

# 《故事新编》

　　鲁迅先生的《故事新编》出版以后，好多人谈论过。最初谈论那篇刊在《海燕》上的《出关》。后来《理水》《采薇》《非攻》那几篇有很多人在议论。前几天，看见一封鲁迅先生的来信，他说，他写文章并不一定拿某一个人当作模型，加以讽刺，常是东取一枝，西取一节，凑合拢来，成这样一个对象，不能说是指某某人而言的（大意如此）。我觉得他的话，倒是做历史小品的人所要十分注意；拿历史上的故事重新渲染一过，使它具有现代性，我们写历史小说或历史小品的大概都这样做。古今人的性格，因为环境不同，自有其差别，我们把人物放在本来环境中去观察，看他的个性是怎样形成。但人类亦有其共通的性格，某一类人物，我们可以借镜于现代的某一种人，用某一种人作底子，再来着笔，大致不会很差的。

　　即以"吃卢布"这类谣传为例，先前在民国十三四年间是指徐谦、顾孟余、李石曾那些人，近十年来，又转换了一些人，这情形也仿佛终古不变。推想起来，古代未始没有这种情形。鲁迅先生就把这写入《采薇》的故事中，伯夷、叔齐已经在首阳山饿死了，缩做一团，死在山背后的石洞里，死的时候已经瘦得很了。关于他们的死，有人说是老死，有人说是病死，有人说是给抢羊皮袍子的强盗杀死，又有人说其实是故意饿死的。可是小丙君府上的鸦头阿金姐却说：

老天爷的心情是顶好的，他看见他们在撒赖，快要饿死了，就吩咐母鹿，用它的奶去喂他们。你瞧，这不是顶好的福气吗？用不着砍柴，只要坐着，就天天有鹿奶自己送到你嘴里来。可是那老三，他叫什么呀，得步进步；喝鹿奶还不够了，他喝着鹿奶，心里想："这鹿有这么胖，杀它来吃，味道一定是不坏的。"一面就慢慢地伸开臂膊，要去拿石片。可不知道鹿是通灵的东西，它已经知道了人的心思，立刻一溜烟逃走了。老天爷也讨厌他们的贪嘴，叫母鹿从此不要去，你瞧，他们还不只好饿死吗？

拿散布吃卢布传说的人的卑劣心理作底子，就可以写成一个很像样的阿金姐，而阿金姐是活在三千年前的时代中的，就她的环境再去想象她的措词，所以鲁迅先生笔下的阿金姐又活在我们眼前了。

前几年，我从朋友处听到福建事变中几个卖友的故事，忽然想起清初陈梦雷（《古今图书集成》的作者）和李光地间的纠纷，我就写了一篇《陈梦雷》，用史事来述说今事；前后相隔三百年，可是彼此情节太相像了。昨翻《资治通鉴》，看见单固、杨康的故事，他们二人同为令狐愚的心腹。杨康自己应司徒辟，至洛阳，就向司马懿告发令狐愚的隐事，牵连及单固，全家被逮。杨康自以为邀赏可得封侯，司马懿因为他亦有嫌疑，一同付斩。上法场的时候，单固骂杨康道："老奴，汝死自分耳！若令死者有知，汝何面目以行地下乎？"这情形，不独和李光地卖友求荣的故事完全相同，也和二千年后福建事变的故事若合符节。我只要写一段杨康卖友的历史小品，也就等于用陈梦雷故事，或福建事变中某故事作题材了。杨康这类人并不曾死，我们只要把眼前的人作底子，也就可以写出一个活的杨康了。

此之谓"故事新编"。

【选自曹聚仁著《文思》北新书局一九三七年版】

# 捉灵魂捧桥脚

近日报载绍兴乡民聚众千余捣毁周某的家宅，说是周某组织同善社，暗地调查乡民的姓名年龄生出月日；被调查的人，都要捉去灵魂，捧那刚在动工的钱塘江大桥的桥脚。铁桥的桥脚，为什么定要灵魂去捧？我实在不大明白；不过我只活了三十多年，这类事，已不知见了多少次。民国三年的夏天，浙东一带起了一个大骚动，即是所谓"学龄儿童风潮"。那年的春天，各县都奉令调查学龄儿童；仲夏以后，各处天旱，一连三个月不下雨，收成十分不好。恰巧秋初，欧战发动，德人相率回国，曹娥江上那条铁桥的工程，忽而中停。于是谣言起来了，说是那条铁桥，连洋鬼子也已没法了，要捉小孩子的灵魂去捧那铁桥的桥脚；凡是春间被调查的那些儿童，都在被捉之列。于是大骚动起来了，捣学校，杀调查员，烧县署，还有所谓爱婴军的出现；在家庭方面，花样更多，请道士，涂狗血，穿七星钱，找洪武通宝，挂黄香袋，应有尽有。接着政府方面的忙碌，派兵、枪毙、杀头、贴布告、派宣传员，后来也就无影无踪安静下去。民国十八年，南京中山陵正在建筑，南京城里，满街都是捉魂造陵的谣传，小孩子们身上又满系着黄袋七星钱之类。民国十九年，太湖流域又有捉小学生灵魂捧桥脚的谣传，嘉湖一带的小学，竟有全部告假回家的。这回绍兴捉灵魂捧桥脚的谣言，也不过是旧戏重排，角色不同，地点不同而已。这种传说的起源已很古。唐玄宗开元二十七年，改作明堂。讹言："官取小儿埋于明堂之下，以为压胜。村野儿童，藏于山谷，都城骚然。"足见一千三百年前的传说，和目前的传说一模一样，比开元更早的传说，则有隋炀帝开运河捉小儿当差的传说，或许还可以找到更早的传说。

绍兴这回捉灵魂的传说，和以往稍微有点不同。以往一致只说捉小孩子的灵魂，这回却是妇孺老幼壮弱的灵魂都要被捉，似乎范围广阔得多。道家哲学，如老庄都拿婴儿来比浑然未凿的天真，所谓"其神全也"。后来老实人把聪明人的譬喻当作实际的事，于是汉朝以来，神仙家的修炼，都从婴儿身上着想；山洞里的妖魔把童男女当作点心；采补的人也把吃童子精处女元红当作药引；黄帝御九九八十一素女而升天，所以苏州的老画师，和道德学社的段师尊到处在找处女，要想凑满九九八十一的成数。方式或有不同，其理则一也。凡有大制作大建筑，非小儿压胜不能成功，也是同一原理的推演。然而灵魂应用要推广及于妇孺老幼壮弱，似乎有点摩登化，不大合神仙家的理论。而且绍兴人士这样一提倡，连我们中年人都有点惴惴自危，我总觉得役用灵魂的范围还是不推广为妙！

【选自曹聚仁著《文思》北新书局一九三七年版】

# 节　操

中国历史上所谓士君子，以节操为重，取巧躲避，却并不是儒家之道。东汉末年，党锢祸起，张俭亡命困迫，无论投向什么人家，只要知道是张俭，明知要惹大祸，大家甘于破家相容。范滂初系黄门北寺狱，同囚的很多生病；滂自请先受榜掠，三木囊头暴于阶下。滂遇赦归乡，又以张俭案株连，朝廷大诛党人，诏下急捕范滂等。督邮吴导抱诏书闭户伏床而泣，范滂听到这消息，知道督邮为的是他自己，便到县自首。县令郭揖解印绶，顾与范滂同走，语滂曰："天下这么大，你怎么到这儿来？"范滂道："我死了，大祸也就完了，怎么可以牵连到别人呢？"滂别母就狱。他的母亲安慰他道："和李膺、杜密死在一起，岂不是很光荣吗？"党案牵连到李膺，有人劝李膺出走。李膺道："处事不怕难，有罪不逃刑，乃是臣下的本分。我今年已六十，死生有命，往哪儿逃呢？"便就狱受毒刑而死。党案株连所及，各人的门生故吏及其父兄，都在禁锢之列。蜀郡景毅曾叫他的儿子从李膺为门徒，因为未有录牒，免于禁锢。景毅便自请免官，道："因为敬仰李膺的为人，才着儿子去从他；难道漏列名籍，便自苟安了吗?"这种种地方，都可以想见当时士君子重节操，轻性命，不肯躲避取巧的情形。

祸患到来的时候，亲戚故旧远嫌避祸的，本来也很多。但就儒家的节气来说，远嫌避祸，也是不应该的。孔融性刚直，时常和曹操相冲突，友人脂习每劝融明哲保身，后来孔融被曹操所杀，陈尸许下，没人敢去收尸。脂习即往抚尸痛哭，被曹操所拘囚而不顾。又如张俭因党案逃至鲁国，欲投依孔褒，恰巧孔褒不在家，孔融年仅十六，擅自收容下来。后来事泄，褒、融二人均被收送狱。孔融挺身道："我做主收容张俭的，请长官办我的罪!"孔褒道："张俭是来找我的，和舍弟没有关系的，请办我的罪。"吏不能决，只好探问他们母亲的意见。孔母道："我是家长，我负责任，请办我的罪!"一门争死，连郡县都不能决。我们看了这种舍身赴死的精神，千百年后还振发起来，无怪当时震荡一般人的心灵，大家都要砥砺节操了!

"哀莫大于心死"，假使人人偷巧躲避为得计，那么，中国读书人，都要个个都变成"汉奸"了！"礼义廉耻"之说方兴，我愿国人注重"耻"字，就该把"节操"比一切都看重些。

【选自曹聚仁著《文思》北新书局一九三七年版】

# 《百寿图》

在旧戏中，带吉利意味的戏，有所谓《百寿图》的，我在旧历新年里时常看到。剧情是说郭子仪寿辰，他的儿媳孙媳都双双拜寿；只有郭暧尚升平公主，升平公主地位独尊，不和郭暧一同行礼，郭暧大忿，责备公主几句，公主一怒回宫。向唐肃宗诉怨。郭子仪连忙捆缚郭暧上殿请罪。天子曲予劝和，夫妇又双双回府。这样一本团圆戏，我看这本戏的回数虽多，一向不懂是什么意思。乡中故老讲说，不过说公主的尊严不可侵犯，郭暧的气忿是错误的。近读赵璘《因话录》，其中有关于这件事的记载：

郭暧尝与升平公主琴瑟不调，暧骂公主："倚乃父为天子耶？我父嫌天子不作。"公主恚啼奔奏之，上曰："汝不知，他父实嫌天子不作；使不嫌，社稷岂汝家有耶？"因泣下，但命公主还。尚父拘暧自诣朝堂待罪，上召面慰之曰："谚云：不痴不聋，不做阿家翁，小儿女子阁帏之言，大臣安用听！"赐赍以遣之，尚父杖暧数十而已。

看了这段记载，才明白原来编剧人认识史事的模糊。郭子仪在唐代中兴诸将中，要算最谦和的一个。他的儿子就不同了，对着公主，可以直白地说："你以为你的爸爸是皇帝吗？我的爸爸还不肯做皇帝呢！"我们且看天子下泪时所说的话，不和崇祯对长平公主所说的话一样凄惨吗？

"权力"这样东西真有点古怪，一个人当了权，就会不知不觉地自尊自大起来。拿破仑走上阿尔比斯山时，敢说我和阿尔比斯山一样伟大，所谓得意忘形。清代中兴名将，曾国藩的冲和谦退，世所共知；他教训自己的诸弟，以及儿侄辈，无不以保泰持盈为言。但曾氏一家，除了曾国藩自己及曾纪泽以外，骄蹇的习气都很重很重，鱼肉乡里的事，也不时做出来。郭暧说那样的话，也是情理中常有的。至于末路皇帝，说那样凄凉的话，也在情理之中。黄远生在《忏悔录》中记革命时见庆王、那桐的情形，他说：余被推为代表谒见庆王、那桐者说宪法事，此平日赫赫炙手可热之庆、那，到此最后关头，其情状可怜，乃出意表。庆王自谓："此后得为老百姓已足。"那桐乃至踞躇而道，谓"吾曹向日诚假立宪，此后不能不真立宪"。余非到此等时，尚不知彼等之恶劣一至于斯也。

地上原无天纵之子，一样的皮包骨头，越是养尊处优，左右指挥的人，当了大事，越没有担当责任的勇气和力量；走到了末路，自然比丧家之狗都不如了。

【选自曹聚仁著《文思》北新书局一九三七年版】

# 旧了的木塞

达尔文的《人种由来》译成俄文时，检查官想禁止它出版，亚力舍·托尔斯泰（Alexei Tolstoy）写信给检查局长朗吉诺夫（Mikhal Longinov），末后有一段道：

好朋友呵！还有一句话要告诉你：我们俄国人并不是有中国的万里长城那样东西把我们从别的国民隔离开来。所以不管你锁住了门，学问还是一声不响地侵进我国里来。学问这件东西，真是大胆的，它并不顾虑你检查局的决议与禁止，还是散布出它的光明。所以，好朋友呵！你想迫胁它，拿了用旧了的木塞，想来阻止它的潮流，那是决不会成功的啊！

这封信也有相当的效力，达尔文的书，后来不曾禁止。

在中国，另外有一件事，清光绪二十六年正月十五日慈禧太后谕："前因康有为、梁启超罪大恶极，迭经谕令沿海各省督抚，悬赏缉拿，迄今尚未弋获。该逆等狼子野心，仍在沿海一带，煽诱华民，并开设报馆，肆行簧鼓；种种悖逆情形，殊堪发指！……至该逆犯开设报馆，发卖报章，必在华界，但使购阅无人，该逆犯等自无所施其技。并着各该督抚实力严查，如有购阅前项报章者，一体严拿惩办。"以这样严厉的上谕，限制叛逆出版物的流行，在势应该有点实效。谁知《新民丛报》的风行一时，远出意想之外。梁启超的议论，一时成为青年思想的重心，现在保存在文献上的倒有两件有趣的公文：

甲、学堂禁令：

（三）各学堂学生，不准离经叛道，妄发狂言狂论，以及若书妄谈，刊布报章。

（四）学生不得私充报馆主笔及访事员。

（五）各学堂学生不准私自购阅稗官小说，谬报逆书；凡非学科中应用之参考书，均不准携带入堂。

乙、查禁悖逆各书示：

准军机处函开：近闻南中各省，书坊报馆，有寄售悖逆各书。如《革命军》《中国魂》《帝国主义》《新民丛报》……等种种名目，骇人听闻，丧心病狂，殊堪痛恨。若任其肆行流布，不独坏我世道人心，且恐环球太平之局，亦将隐受其害。此固中法所不容，抑亦各国公法所不许；务希密饬各属，体察情形，严行查禁。但使内地

无销售之路，士林无购阅之人，此等狂言，不难
日就澌灭……

　　学问这件东西，真足大胆的，它并不顾虑检
查局的决议与禁止，还是散布出它的光明来了！

　　【选自曹聚仁著《文思》北新书局一九三七年
版】

# 米、麦与鸦片

我幼年在有白胡子的老前辈怀里听长毛的故事，知道长毛以前，天下是很太平的，那时，米只卖几文钱一斤，后来米价贵了，长毛便反起来了。我年纪虽轻，欢喜天下太平，不欢喜长毛造反，那是天性使然。因此闻贱则喜，闻贵则忧，二十年如一日，未之或改。今年的米真便宜，安徽、湖南一带只值一二块钱一担，可见天福中国，今后将永远太平了！不过要使米价，永远便宜下去，唯一的办法是奖励洋米进口；要奖励洋米源源进口，唯一的办法是加重内地的米捐。譬如安徽的米价，每石一元八角，每石抽捐三元，那么，上海的米商自愿多运洋米，不会去运内地的米了。将来上海以洋米进口而保持平价，内地以米不得出口而保持平价，诚求天下太平之大道也！

所以我们拥护加重米捐。

在圣人的书里，从未有"倾销"字眼；有之，则"救灾恤邻，国之本也"。洪水泛滥于中国，有尧舜之君，叫后稷借美麦以拯灾黎；在美国是救灾恤邻，在中国是皇恩浩荡，"荡荡乎民无能名焉"！今年麦价便宜，明年麦价还要便宜；从此黎民不必稼穑，得以温饱，非大同之世，能得这样吗？

听说美麦借款快要成功，荣大王的三千万元美麦借款也快成功，我们额手称庆，岂独额手称庆而已哉！

中国以农立国，已有四千年的历史。可惜以往农人不甚明达事理，连种米种麦，不如多种鸦片的浅近道理都不懂得。这几年，在上的爱民如命，恳切劝导多种鸦片，如四川福建诸省，成绩斐然可观。鸦片公卖制度，法子非常之好，已实行的也显出极好的成绩来。《大学》传曰："有人此有土，有土此有财，有财此有用。"故鸦片公卖者圣人之遗意，精神文明之本源，黄帝子孙所当共守者也。

正文既毕，括以口号：

洋米万岁！

美麦万岁！

鸦片公卖万岁！

【选自曹聚仁著《曹聚仁杂文集·集外文选》生活·读书·新知三联书店一九九四年版】

# 临难毋苟免

　　普通的伪君子假装鸽子，政治同文学的伪君子似装鹰鹫。但是不要因为他们如鹰的外表而不安呵，他们不是鹰鹫呢，不过是耗子或小狗罢了！

——契诃夫

　　有一个古老的笑话，说有一位爱教别字的老先生，到了阴间，阎罗王怪他误人子弟，罚他来世变畜生。他叩头请求转世为母狗，阎罗王问他缘由，他说："圣人说过：'临财母狗得，临难母狗免。'所以我自愿转世为母狗。"阎罗王不觉失笑。笑话是笑话，真正是真正，圣人的书上到底写着"临难毋苟免"五个大字。

　　近月来，自丁玲女士失踪、杨杏佛先生被暗杀，上海许多文人思想家相惊伯有，宣誓的宣誓，出洋的出洋，搬家的搬家，一窝子蜂乱窜乱飞。据说某处已经钦定了一本黑漆漆的黑簿子，上面写了某某某某等台衔，活无常连小鬼一同出发按名拘索，所以宁愿"临难母狗免"，不肯"临难毋苟免"。依我旁观人看来，这怕死未免怕得太幼稚！平日口诛笔伐，像煞有介事；一旦有事，敌人的影子并未看见，只听见一声屁响，便倒退三十里，诸葛亮要笑司马懿太不中用了！若真有黑簿，那写黑簿的必含笑大笑，以为他比阎罗王还有权威呢！民国五年，袁世凯准备登龙位，梁启超老实不客气，要发表那篇《异哉所谓国体问题》。袁世凯派人以二十万金收买那篇文章，梁毅然拒绝；袁又派人刺梁，阻他往西南去，梁决然成行。后来梁在云南毕竟帮蔡锷起义，推翻洪宪大皇帝。梁启超，不是当今思想家所讥笑为温和派的人物吗？请把自己的出处比一比，到底如何？

知识分子的唯一遗产，就是怕死；怕死所以甘为奴才，百事无成。阳秋先生对一位朋友说一句关心我的话，说："曹聚仁是活久了罢？"这句话引起我许多感慨。我的精神有两份遗产，一份是先父不怕死的精神，一份是知识分子的游离意识。先父的身体比我还薄弱得多，他所处的环境比我坏百倍。他生在一个僻远的小村落，四围都是赌痞劫贼和白日横行的强盗，良善的农民几乎没有路走。先父认定这部分恶势力非解决不可，便如来拼命地干去。因此割头放火的谣言，我自幼听得多，我们一家子有时躲到山里去；先父却处之泰然，一点也不怕。别人问先父："为什么这样大胆？"先父说："我二十八岁那年生大病断过气的；譬如那时死了，这许多年岂不多活了的。我随便什么时候可以死，我什么都不怕！"因为不怕死，他毕竟把事业做成功了，他去世以后，连他那些敌人都相信他在什么做土地神的传说了。我承袭了这份遗产，所以我不怕死，唯大勇方能成大仁，我若怕死，不但对不住先父，我这个"仁"字也该取消了！依我看来，死是没有什么可怕的，被暗杀而死，更没有什么可怕。据自杀专门研究家芥川龙之介的研究，一切死法，以病死为最苦。自杀诸方法中，以上吊为最舒服。上吊在几分钟中断气，比之肺病胃病迁延三五年才断气，真不知要幸福得多少倍。但自杀在实行前期，还有一段精神上的大苦痛；较之被人暗杀，事前绝无所知，生命决于俄顷，又相差得多了。人总不免于一死，一切死法中，被暗杀而死，可说是最艺术的一种，有什么可怕呢？再进一步想：生在这个世界，何处不可死，何时不可死；做怕死想，简直无从做人，请问往何处去逃避，我是爱吃凉面的，一旦虎列拉作起怪来，其况味不见得比子弹好一点。汽车碰人，流弹伤人，天天见于报载，又比吃子弹何如？我亲眼看见，一辆汽车在转角上冲杀三个人，其与被暗杀而死有什么不同？难道马路也不走，人力车也不坐了吗？

被暗杀而死，在牺牲者这方面并无了不得的

苦痛，即如上述。而实行暗杀这方面，有什么利益或效果呢？正其相反，实行了一个暗杀，即进行上多一重障碍，也许一切计划就此覆灭。袁世凯不暗杀宋教仁，国民党不致断然和袁世凯翻脸，袁世凯也许还活到现在，好好地做他的终身总统。可说那颗子弹，袁世凯先打杀了自己了。杨杏佛生前并没有怎样了不起的声誉，他的民权保障同盟也显不出一点成绩。他这一死，大家脑子里的印象何如？比千万张宣言标语的力量又何如？

老实说，"怕死"，岂但不能做思想家、社会运动家！一个科学家，一个飞行家，一个探险家，也要有不怕死的精神。中国的知识分子，都是不中用的脓包，只会吹牛皮，只会摇尾巴！滚你的罢！

至于以死吓人，那又什么用呢？前年有一位绑票匪，在苏州看了他的朋友在法场上枪毙，然后乘车到上海来抢劫的。狗急跳墙，生活没有路走，谁还爱惜性命？请听老子一句老话：

"民不畏死，奈何以死惧之？"

【选自曹聚仁著《曹聚仁杂文集·集外文选》生活·读书·新知三联书店一九九四年版】

# ×× 和 □□

《立报·言林》上谈××和□□，颇为热闹，有小诗，有短论，有随感录。

大概很古很古的人心，也是"不古"的；桀为无道，那些老百姓诅咒道："时日害丧，予及汝偕亡！"有历史癖考据癖的学者们，不妨证明这是××和□□的滥觞。

推××和□□之意，就是人人心中所欲言，而人人却不敢言；人人虽不敢言，终于弯弯曲曲非言不可，此所以"××"又"□□"也。（在将来的《辞源》上，必有人作注解曰：××□□者忌讳之辞也。）在满清时，读书人不许直呼圣人之名（自然那些狗皇帝的名号都在忌讳之列），遇到"孔丘"字样，就把"丘"字缺了一直，写成"正"字，读作"某"字，其实也就是孔××孔□□；假使有人读了"丘"的本字，这就犯了忌讳。盖××和□□，乃专制时代必不可少的点缀品；在上的威权愈重，则××和□□愈多，势所必至，理有固然者也！

可是雷霆雨露，虽说都是君恩；但君王所欲

忌讳者，虽其左右心服之臣有时也摸不清楚，用了××和□□，依然大触忌讳；或本不知是忌讳，要想放上××和□□而不敢，则其苦更甚。明洪武年间，尉氏县教谕许元为本府作万寿贺表用"体乾法坤，藻饰太平"句，竟而被诛。诛杀的原因，是因"法坤"二字音近"发髡"，"藻饰太平"音近"早失太平"，这倒使我吓了一跳。又如杭州教授徐一夔贺表，有"光天之下，天生圣人，为世作则"等语。洪武看了，大怒道："生者僧也，以我尝为僧也，'光'则薙发，'则'字音近'贼'也。"遂斩之。说好话也犯了忌讳，连奴才也不容易做呀！现在呢，说到我们的友邦，因为"亲善"关系，即非××□□不可；若推洪武之意，则"十分""实在""收拾"等等都得变成"×分""×在""收×"，诚有×既不胜×，□也不暇□之苦，那才要命呢！

呜呼！××□□，夹缝文章；别有会心，莫讵短长！"时日害丧，予及汝偕亡！"如斯而已！如斯而已！

【选自曹聚仁著《曹聚仁杂文集·集外文选》生活·读书·新知三联书店一九九四年版】

# 论 谋 士

　　中国政治界有几句忏悔的口头禅，叫作"以前种种，譬如昨日死；以后种种，譬如今日生"。这无非叫我们莫抛过去，提起了过去，使他们心疚；其实"譬如"只是一个"譬如"，"死"的何曾"死"，"生"的何曾"生"。

　　知识分子，对于现状表示十分不满意，可是耐不住流血的苦痛，又回到现状底下躲着，希望血由别人而流，命由我而孳，固然聪明了一陛，同时也懵懂了一世。在某一时期，有相互依附的集团，而且有所谓理论，实际上是一群想出头而未出头的小政客，替一个大政客抬轿，将以求其所谓大欲，结果既无群众，又不要理论，大政客还是大政客，小政客还是小政客，各奔前程，无所谓集团也。只有把他们当作范增、张良一类谋士看待，才可了解他们的行动。范增可以帮项羽，未始不可以帮刘邦；萧何帮了刘邦，当然也可以帮项羽，这是绝对不成问题的。陈琳为袁绍檄豫州，把曹操骂个狗血喷头；后来，他又走到曹操这边来，替曹操骂人了。

　　这样，我们可以明白中国政客合作的方针是什么。谋士者，第一步是思想出一套政论来迎合在上的意思，第二步是走上一人之下万人之上那个位子，于是得君行道。聪明的谋士，懂得消息盈虚之道；保泰持盈，先留一个退步。笨的谋士，势倾人君，人君目之为眼中钉，一跤跌到地下。

　　【选自曹聚仁著《曹聚仁杂文集·集外文选》生活·读书·新知三联书店一九九四年版】